KB050400

마졸귀환록 6

초판 1쇄 인쇄일 2014년 12월 24일 ㅣ **초판 1쇄 발행일** 2014년 12월 26일

지은이 주작 ㅣ **펴낸이** 곽중열 ㅣ **담당편집 팀장** 이범수
편집부 신연제 이윤아 김호성 김은경

펴낸곳 (주)조은세상 ㅣ 출판등록 제 2002-23호
주소 경기도 연천군 미산면 청정로 1355
TEL 편집부 02)587-2966 ㅣ FAX 02)587-2922
e-mail bukdu@comics21c.co.kr

ⓒ주작 2014
ISBN 979-11-5512-872-5 ㅣ ISBN 979-11-5512-578-6(set) ㅣ 값 8,000원

마졸귀환록

6

주작 판타지 장편소설

NEO FANTASY STORY

북두
(주)조은세상

CONTENTS

#1. 입학 … 7

#2. 어둠 … 61

#3. 씨앗 … 117

#4. 요청 … 185

#5. 장미의 기사 … 235

#6. 발아 … 283

#7. 외전 … 323

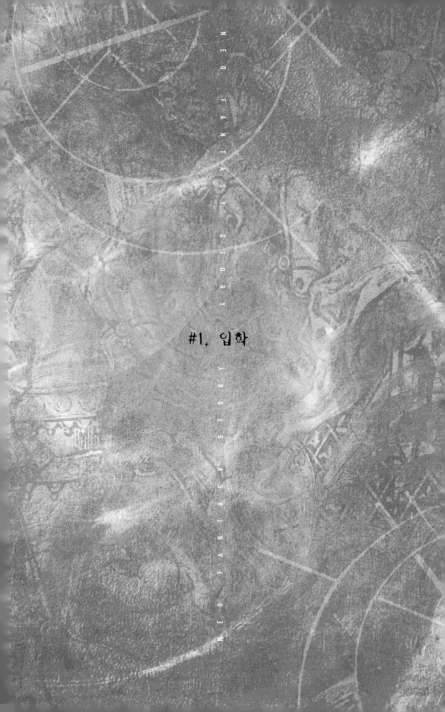

#1. 입학

#1. 입학

　루마니언 지방에서 제국 수도 크라베스카까지는 결코 짧은 거리가 아니었다.

　그런 만큼 아카데미의 개학기간을 생각해 본다면, 카이스테론에 입학을 해야 하는 케빈과 메리는 길을 서둘러야 정상이었다. 하지만 뜻밖에도 그들 남매는 길을 서두르지 않았다.

　카이스테론은 다른 아카데미와 다르게, 개학식을 먼저 한 뒤에 신입생들을 받아들이기 때문이었다.

　이러한 특징으로 인해서, 케빈과 메리는 조금은 여유 있게 수도로 출발했다.

　제국법에 의해, 과거 15세에 성인식을 치르던 것과는 다르게, 이제는 성인식을 18세에 치르도록 되어 있었다.

케빈은 이런 변동사항을 고려하고서도 성인으로 인정을 받는 나이였다.

충분히 홀로 세상을 돌아볼 수 있는 시기라는 것이다. 메리가 16세로 아직 성인식을 치르지 못했다고는 하나, 그래도 동생 한명 정도는 충분히 감당할 수 있는 나이였다.

처음에는 제튼이 함께 가려고도 생각했고, 가족들도 그렇게 하라고 등을 떠밀었었다. 하지만 이내 홀로서기를 할 시기라며 케빈이 정중하게 거절의사를 보내왔다.

메리도 함께하는 여행이기에 걱정이 컸으나, 제튼은 흔쾌히 그의 의견을 수렴했다. 그의 실력을 알기 때문이었다.

'게다가…아버지께 검을 배운 게 나뿐이 아니니까.'

케빈은 그 생각과 함께 여동생에게로 시선을 보냈다.

두 다리가 치유되고 난 뒤, 다시 뛰어다닐 수 있다는 기쁨 때문일까?

여동생은 열심히 몸을 움직이고 싶어 했다. 그리고 그 와중에 동생의 시야에 걸린 게 바로 그의 수련장면이었다.

다리가 아플 당시에도 은연중에 배움에 대한 열기를 내비쳤던 동생이었다. 아니나 다를까 제튼에게 찾아갔고, 이내 배움을 청하기에 이른다.

처음에는 완연히 거절하던 제튼이었으나, 동생의 열정에 결국 항복을 하며 동생에게도 검을 전수하기 시작했다.

초반에 기본을 배울 당시에는 몰랐으나, 후에 진도가 나가기 시작하니, 여동생이 배우는 건 케빈이 배운 것과는 전혀 다른 종류의 검술이라는 걸 알 수 있었다.

의아해하는 케빈에게 제튼이 설명해 주길,

〈남녀의 신체 조건이 다른데, 같은 걸 배울 수는 없잖느냐.〉

말인즉, 여성을 위한 검이라는 것이다.

뒤늦게 이 사실을 알게 된 레이나가 메리의 뒤를 졸졸 쫓아다니면서, 적잖이 귀찮게 했다는 건 그들만의 비밀이었다.

'레이나 선생님.'

내심 안타까운 마음이 들었다.

'검술만큼 올곧은 성격이 문제가 될 줄이야.'

조금씩 나이가 들며 알게 된 사실로써, 그녀가 제튼에게 마음이 있다는 것이다.

'내가 알아차린 게 4년 전이었으니까.'

느낌상으로는 그 이전부터 마음이 있었다고 여겨졌다. 그녀의 곧은 성격은 애정에 관한 부분에서도 쉬이 꺾이려 하지 않아서, 여전히 제튼을 바라보며 가슴앓이를 하는 중이었다.

결혼을 하건 말건 신경도 쓰지 않던 스테일 남작 일가도 어느 순간부터는 그녀의 혼인문제를 걱정하기 시작했다.

그도 그렇게 어느새 그녀의 나이도 34세에 이르기 때문이었다.

그나마 다행이랄까?

'쿠너 형이 있으니.'

레이나처럼 올곧게 그녀만을 바라보는 사내가 있었으니, 그게 바로 제튼의 또 다른 제자 쿠너였다.

'어서 빨리 둘 사이가 이뤄져야 할 텐데.'

은연중에 쿠너를 응원하는 케빈이었다. 그도 그렇게 제튼은 상황이 어찌 되었건 그의 부친이고, 그 곁으로 셀린이라는 새로운 모친이 존재하지 않는가. 레이나를 맘에 들어 하는 케빈이었으나, 아무래도 또 다른 모친을 받아들이기에는 무리가 있었다.

"하─차!"

문득 들려온 외침에 케빈의 시선이 뒤로 돌아갔다. 그들 남매가 타고 있던 장거리 순환마차가 멈춰 선 모양이었다.

천막 바깥의 날씨가 맑은 것으로 봐서는 잠시간의 휴식 시간인 듯싶었다.

하차라고는 하나 굳이 내릴 필요는 없었다. 그냥 앉아서 쉴 사람들은 쉬어도 되는 것이다. 하지만 장시간 굳어있던 몸도 풀어줄 겸, 케빈은 메리와 함께 마차에서 내렸다.

마차에서 내려 주변을 둘러보니 들판만 가득 눈에 들어왔다. 아무래도 '쉼터'는 아닌 듯싶었다.

지방에서 지방을 건너뛰는 장거리 이동이다 보니, 쉼터가 아닌 장소에서도 이렇게 휴식을 취하는 모양이었다.

"괜찮아?"

케빈은 마차에서 내리자마자 메리에게 이리 물었다. 제튼 덕분에 과할 정도로 건강해 졌다고는 하나, 그래도 걱정이 사라지는 건 아니었다.

"괜찮아."

메리가 그렇게 대답하며 활짝 웃는데, 그야말로 꽃이 만개하듯 아름다운 미소였다. 덕분에 케빈의 심기가 살짝 불편해졌다.

뒤편에서 느껴지는 불순한 기척을 읽은 까닭이었다.

'저 놈들을 그냥.'

슬쩍 시선을 뒤로 돌리니, 그와 비슷한 연령으로 보이는 청년들이 헬렐레한 얼굴로 메리를 바라보고 있는 게 아닌가.

마음 같아서는 당장 멱살을 잡아다가 패대기를 치고 싶었으나, 꾹꾹 눌러 참았다.

겨우 쳐다 본 정도로 두들긴다? 만약 그대로 행했다면 아루낙 마을의 청년 중 몸 성한 이들이 한명도 없었을 것이다.

"또또, 인상."

13

문득 들려오는 동생의 음성에 시선이 되돌아오는데, 어느새 바짝 다가온 메리가 그의 미간에 검지를 얹으며 고개를 저어 보이고 있었다.

"그렇게 찌푸리지 말라니까. 인상 나빠지니까."

동생의 핀잔에 쓰게 웃은 케빈이 알겠다는 듯 고개를 끄덕이며 표정을 풀었다.

"그나저나… 제니가 괜찮을까 모르겠네."

메리의 이야기에 케빈이 미소가 살짝 어색하게 굳어졌다.

'제니라….'

반트가의 인연으로 새롭게 얻은 여동생이었다. 하지만 온전히 여동생으로 대하기는 어려운 아이였다.

〈난 오빠랑 결혼할 거야!〉

어릴 적 제니가 입에 달고 살던 이야기로써, 당시에는 그냥 장난처럼 여겼었다.

하지만 어느새 8년여의 시간이 흐르고, 아이가 소녀가 되고 점차 여자가 되기 위한 준비를 하고 있는 이 무렵.

〈난 오빠하고 결혼할 거야. 꼭!〉

여전히 제니의 입에서 떨어지지 않는 발언은 참으로 그를 난감하게 만들고 있었다.

"따라오겠다고 떼를 쓸 줄 알았더니, 의외로 순순히 보내줘서 얼마나 놀랐는데, 오빠도 그렇지?"

메리의 물음에 케빈 역시 고개를 끄덕였다. 실제로 그는 새벽 일찍 제니가 깨기 전에 수도로 출발할 계획까지 꾸미고 있었다.

〈이상한 생각하지 말고, 그냥 편하게 아침밥 먹고 가.〉

어떻게 알아낸 것인지 제니가 먼저 그리 태도를 취해 오니, 한결 편한 마음으로 길에 오를 수 있었다.

"다음에 볼 때는 많이 커 있겠다."

메리의 이야기에 케빈도 동감한다는 듯 고개를 끄덕였다. 그도 그렇게 카이스테론의 규칙상, 1학년생은 수도를 벗어날 수 없기 때문이었다. 때문에 대부분 가족이 직접 수도로 찾아오고는 했다.

"기대된다. 그치?"

"그래."

케빈이 쓰게 웃으며 고개를 끄덕여줬다. 기대는 되지만 솔직히 걱정도 됐다.

'다음에는 마음을 좀 돌렸으면 좋겠는데.'

그는 동생으로만 여기고 있는 탓에, 제니의 감정이 적잖게 부담스러울 수밖에 없었다.

"바람 좋~타!"

겨울향이 섞여있었으나, 마차에만 갇혀있던 시간이 3시간이었다. 차갑기 보다는 시원하고 상쾌하게 느껴지는 바람이었다.

여동생의 모습에 살짝 웃은 케빈도 힘껏 기지개를 키며 바람을 만끽했다.

◈

"1년 동안 바짝 자라서, 내 매력에 흠뻑 녹여주겠어."

두 손을 불끈 쥐며 다짐하는 소녀, 제니의 굳센 결의에 제튼의 무릎이 휘청거렸다.

의도적으로 들었다기보다는 남다른 청력에 의해 들려버렸다고 해야 할까? 기운을 봉인하다시피 하며 감각을 낮췄다고는 하나, 그래도 일반인을 한참 뛰어넘는 건 어쩔 수 없는 부분이었다.

덕분에 본의 아니게 딸아이의 혼잣말을 훔쳐들은 제튼은 쓰게 웃으며 고개를 흔들어야만 했다.

'어째, 너무 순순히 케빈을 보내주는 것 같더라니. 그런 의도였냐.'

1년 사이에 얼마나 자랄까도 싶었으나, 제니 역시도 제튼에게 검을 배우고 있는 탓인지, 상상 이상의 성장도 가능할지도 몰랐다.

특히, 연공법의 경우에는 여인의 매력을 한껏 올려주는 종류의 것이기에, 아무래도 1년 이라는 시간이라면 충분히 눈에 띄는 변화도 가능할 터였다.

"내 딸이지만… 참."

셀린의 어릴 적을 꼭 닮은 것 같으면서도, 저토록 적극적인 모습을 보고 있노라면, 셀린과는 또 다른 것 같아서 웃음이 나왔다.

"뭐해요?"

문득 들려온 음성에 고개가 뒤로 돌아갔다. 방문을 열고 들어오는 셀린이 보였다.

세월에 순응하는 그와 달리, 세월을 거스르기라도 하듯 결혼 당시와 변함없는 모습을 보이고 있었는데, 그 미모는 오히려 결혼 전보다 더욱 빛이 나고 있었다.

방중술이라는 특별한 연공법을 통해, 끝없이 그녀의 내외부에 기운을 불어넣어 준 결과였다.

'아직 환골탈태는 무리지만.'

그래도 충분히 많은 양의 기운에 보호받고 있었다.

'대충… 익스퍼트 중급에서 정도는 되려나.'

순수한 오러의 양을 놓고 본다면 충분히 중급 수준은 될 듯싶었다. 그녀 본인은 아무런 연공이나 노력이 없었다는 걸 생각해 본다면, 충분히 놀랍고도 대단한 결과였다.

수련을 한다고 해도 겨우 8년 만에 이뤄내기는 어려운 수준이기 때문이다.

"뭘 그렇게 봐?"

그녀의 물음에 제튼이 활짝 웃으며 말했다.

"당신이 너무 예뻐서."

뜬금없는 칭찬에 셀린의 얼굴이 살짝 붉어졌다.

"이…이상한 소리 하지 말고 빨리 출근 준비나 해요."

"끄응…."

출근이라는 이야기에 제튼의 양어깨가 급격히 처졌다.

테룬 아카데미 주 1회, 금요일 출근.

이것이 8년 전의 근무표였다. 하지만 3년 전부터 거기에 약간의 변화가 생겨야만 했다.

주 2회, 목요일 금요일 출근.

제튼에게는 참으로 안타까운 상황이었으나, 3년 전 하나의 대사건이 발생하는 바람에 근무를 추가 할 수밖에 없었다.

"헤린이는?"

"어머님이 보고 있어."

"또?"

"아무래도 늦둥이라서 그런지, 많이 예뻐해 주시네."

헤린 반트.

올해로 정확히 3살이 된 아이로써, 제튼과 셀린의 사이에서 낳은 딸이었다.

그리고 이 아이의 탄생으로 제튼은 네 아이의 아빠가 되었다. 덕분에 자금적인 면에서 좀 더 많은 벌이가 필요해진 것이다.

무리를 할 필요까지는 없었기에, 딱 하루만 더 시간을 늘린 상황이었다.

'솔직히… 돈 때문에 걱정할 필요는 없지.'

브라만 대공의 위치를 생각해본다면, 결코 돈에 쪼들릴 일은 없었다. 뿐만 아니라 회색들판 개간 후 자작농이 되어 벌어들이는 수입도 제법 나쁘지 않았다.

소작을 하던 당시에 비한다면 하늘과 땅 차이였다. 스테일 남작과 거래하면서 싼 값에 많은 땅을 구입할 수 있었던 것도 한 몫 단단히 했다.

"굳이 벌써 나갈 필요는 없잖아. 점심 먹고 나가도 충분한데."

제튼의 늘어지는 소리에 셀린이 단호하게 고개를 저었다.

"안 돼! 개학하고 첫 출근인데, 일찌감치 나가야지."

"끄응…."

결국 앓는 소리를 내며 제튼이 옷을 갈아입었다.

문득, 지난 8년간의 아카데미 생활이 떠올랐다.

인기 만점!

'짜증 만점!'

그의 실력이 익스퍼트 상급이라는 소문이 흐르면서, 기사학부의 학생 상당수가 그의 수업을 신청했다.

덕분에 그의 수업은 항상 학생들로 포화상태였다.

하지만 이런 인기에도 불구하고, 그는 처음 내세웠던 방침대로 변함없이 '복습과 나'라는 주제 아래 기초 검술만 가르칠 뿐이었다.

배운 걸 또 배운다는 생각에 떨어져 나가는 아이들이 제법 있었으나, 그럼에도 수업인원은 매번 정원을 꽉 채우고도 자리가 부족할 정도였다.

뭐, 여기까지는 그런대로 이해하고 넘어갈 수 있었다. 하던 대로 기초 검술만 가르치면 끝이기 때문이다.

진정 골 때리는 상황은 따로 있었다.

도전자!

그가 루마니언 지방 제일의 검일지도 모른다는 소문으로 인해, 이 근방에서 목에 힘 좀 준다고 하는 기사들 상당수가 그에게 도전장을 들고 찾아 왔다.

짜증이 팍팍 일어났으나, 그들을 무시하는 것도 쉽지가 않았다.

'그랬다가는 마을로 찾아와 버리니.'

실제로 초반에 몇몇 기사들의 도전장을 구겨버렸었는데, 다음날 도전을 했던 기사가 아부낙 미을로 직접 찾아오며, 그의 머리를 후끈 달아오르게 만들었다.

보답으로 한 반년은 제대로 검도 못 들게 두드려 줬었다.

그 골 때리는 사건 이후, 기사들의 도전은 아카데미 내부 수련장에서 처리하게 되었다. 그리고 이 결투를 본 기사학부 학생들은 그에게 열광하며 수업을 신청해왔고, 그렇게 매번 그의 수업은 호황을 누릴 수밖에 없었다.

'악순환이지. 악순환이야.'

그나마 다행이라면, 8년이라는 긴 시간이 흐른 덕분일까? 슬슬 그에게 도전하는 기사들의 수가 줄어들면서, 빡빡하던 아카데미 생활이 제법 여유로워 졌다는 것이다.

'뭐, 그래도 여전히 골 때리는 건 변함없지.'

그도 그렇게 최초 귀향길에 오르며 생각했던 그의 미래는 이런 게 아니었다. 조용한 삶과는 거리가 멀어도 너무 멀었다.

생각만 해도 머리가 아픈지, 절레절레 고개를 흔든 그가 방을 나섰다.

'좀 더 쉬었다가 나가고 싶지만.'

셀린의 매서운 눈초리를 생각하자니, 더는 엉덩이를 비비기가 어려울 것 같았다.

'이번에는 또 얼마나 수업 신청을 했으려나.'

대충 예상이 되는 탓일까?

아카데미로 향하는 발걸음이 유난히 무거웠다.

❖

카이스테론 아카데미.

대 제국 칼레이드의 아카데미 사업을 통해 탄생한 교육 시설로써, 귀족 아카데미와도 어깨를 나란히 하는 뛰어난 곳이었다.

고위 귀족의 자제들도 이곳의 문턱에 발을 들일 정도니, 더 말해서 무엇 하겠는가.

그 때문일까?

한 차례 아카데미를 마친 이들도 더 높은 배움을 위해, 굳이 이곳으로 찾아와 재교육을 받으려고 할 정도였다. 그 덕분에, 유독 다른 아카데미에 비해 평균 연령이 높기로도 유명했다.

"평민과 귀족이 가장 잘 어우러진 아카데미라 이거죠."

소년의 이야기에 앞에 있던 여인이 절레절레 고개를 흔들며 말했다.

"그 이유 때문에 아카데미를 들어가겠다고?"

"바로 그거죠."

"…넌, 거기서 배울 게 없어. 솔직히 말하자면, 오히려 네가 가르쳐야 할 정도야."

여인의 이야기에 소년이 머쓱하니 머리를 긁적이며 웃었다.

"제 나이에 누굴 가르치겠어요."

소년의 이야기에 여인이 고개를 저었다.

"너 정도 실력이면, 나이는 중요하지 않다."

"그래도… 솔직히 너무 어리잖아요."

"쯧! 아카데미에 들어가기에도 너무 어려."

"에~이. 싸나이 나이 열두 살이면 다 큰 거죠."

"아카데미는 열다섯부터 들어갈 수 있다."

그녀의 말에 소년이 자리에서 벌떡 일어나 가슴을 쭈욱 피며 말했다.

"그깟 세 살 차이, 이 정도면 문제없잖아요."

확실히 소년은 12세 소년이라 믿기지 않는 덩치를 지니고 있었다.

충분히 175세르(Cm)는 되어 보이는 체격을 보고 있자면, 열다섯이라 해도 부족함이 없을 것 같았다.

앳된 얼굴 때문에 약간의 의아함이 남을 것이나, 체격 조건이 의심의 싹을 잘라버릴 것 같았다.

잠시 소년의 모습을 바라보던 여인이 짧게 한숨을 내쉬며 물었다.

"너는 네 위치를 생각하고 있긴 하냐?"

"그러니까 더욱 아카데미를 경험해 봐야죠. 특히, 카이스테론처럼 평민과 귀족들이 함께 어우러진 장소는 필히 다녀봐야죠."

"에휴…."

재차 한숨을 내쉰 여인이 물었다.

"네 엄마는 알고 있겠지?"

"······."

소년이 침묵했다.

"······."

침묵이 전염되기라도 한 듯, 여인도 함께 침묵을 고수하고 있었다. 그러기를 잠시, 여인이 머리를 부여잡으며 앓는 소리를 했다.

"끄응! 미치겠네."

문득, 한 가지 의문점이 생겨났다.

"너 신분증명은 어떻게 할 건데?"

"하핫! 뛰어난 요원이 있으시잖아요."

"요원?"

"산적아저씨요."

여인이 황당하다는 듯 소년을 바라봤다.

"허어··· 야! 그게 내 거지, 니 거냐?"

"에~이. 좋은 게 좋은 거죠."

"이걸, 정말··· 팰 수도 없고. 어후!"

여인의 이야기에 소년이 깜짝 놀란 얼굴로 말했다.

"오늘 아침에도 신나게 패셨잖아요."

"그건 훈련이고."

"와···아······."

어이없다는 듯 쳐다보는 소년의 모습에 결국 여인이 주먹을 불끈 쥐었다. 그러자 소년이 급히 표정을 지웠다.

"그런데 왜 하필 아카데미에 들어가려는 건데?"

그 물음에 소년이 뒷머리를 긁적이며 대답했다.

"사실은 소학원에 들어갈 생각이었는데…."

소학원!

저 멀리 제국의 동쪽 끝자락에서부터 시작된 새로운 교육시설로써, 아카데미 입학 전에 기초적인 배움을 가르치는 장소였다.

생각보다 돈이 된다는 걸 깨달은 귀족들이 하나 둘 끼어들면서 순식간에 제국 전체로 퍼지고, 대륙 전 지역이 이 소학원이라는 새로운 교육시설을 인정하게 만들었다.

수도에는 3년 전에 소학원이 세워졌었는데, 안타깝게도 당시에는 소년이 밖으로 시선을 돌릴 틈이 없었다. 솔직히 소학원에 대한 관심도 크질 않았다.

하지만 최근 들어 나름의 경지를 이루고, 조금씩 주변으로 시선을 돌리게 되면서, 교육시설을 눈에 담기에 이른다. 그러나 난처하게도 소년의 나이가 벌써 12살이었다.

"제 나이에 들어가기에는 좀… 그렇더라구요."

보통 그 나이가 되면, 소학원을 졸업하고 아카데미를 준비할 시기였다.

"그래서 아카데미로 결정했다는 거냐?"

여인의 물음에 소년이 고개를 끄덕이며 대답했다.

"예."

"그게 말이 되냐? 아카데미 입학은 15살부터 가능하다는 걸 설마 모르는 건 아니지?"

"말씀 드렸듯이 이 정도면 충분하잖아요."

소년은 3살차이 정도는 무시할만한 신장을 지니고 있었다.

"게다가 조기입학이라는 좋은 방침도 있던데요."

"조기입학?"

그 부분까지는 여인도 모르는 이야기였다. 아카데미에 관해서는 그저 지나가는 이야기 정도로만 들은 게 전부이기 때문이다.

"예. 아카데미의 시험을 우수한 성적으로 통과한다는 전제로, 열네 살까지는 조기입학이 가능하다고 하더라구요."

"…넌 열두 살이다."

"말씀 드렸잖아요."

3살 차이도 무시할 체구인 만큼, 2살이라면 더더욱 여유였다.

"조기 입학이라고 하면, 어려보이는 외모도 충분히 커버 가능하지 않겠어요."

이 정도로 치밀하게 준비를 했다는 건, 결코 물러설 마음이 없다는 의미이기도 했다. 여인은 할 수 없다는 듯 고개를 절레절레 저으며 물었다.

"그래서 내가 뭘 도와주면 되는데?"

지금껏 여인을 이토록 열심히 설득했던 이유를 드디어 내어놓을 시기였다.

"여유시간 좀 만들어 주세요."

"…여유시간?"

"예. 검술교육 시간을 좀 늘려주세요."

말인 즉, 여인에게 배움을 받는 시간을 이용해서 아카데미에 다니겠다는 의미였다.

"그냥, 네 엄마에게 허락 맡고 당당히 다니면 안 되겠냐?"

"스승님도 아시잖아요."

"…쯧!"

소년의 대답에 여인이 짧게 혀를 찼다. 소년과 그의 모친이 어떤 관계인지 너무도 잘 아는 까닭이었다.

엄마 그리고 아들.

하지만 일반적인 가정과는 달랐다.

황제 그리고 황자.

대륙의 지배자라 불리는 대 제국 칼레이드의 하늘이 바로 저들 모자였다.

그 특별한 위치로 인해, 조금은 딱딱할 수 있는 사이일지도 모른다. 하지만 여인이 보기에 소년, 황자와 소년의 모친 황제는 이런 특별함으로 인한 딱딱함이 아닌, 그냥 사이가 좋지 않았다.

'다 그 빌어먹을 놈 때문이겠지.'

여인은 한 사내를 떠올렸다.

브라만 대공!

황자의 부친.

하지만 황제의 남자는 아니다.

'제튼 반트.'

다른 이름으로 살고 있는 제국의 살아있는 전설.

'올 때마다 황자만 보고 휙 가버리니, 쯧! 황제 그년하고 도 이야기 좀 나누라니까.'

여인, 검작공 오르카는 제튼을 떠올리며 한숨을 푸욱 내 쉬었다.

"도와…주실 거죠?"

문득 들려오는 음성에 오르카의 시선이 황자 카이든에 게로 향했다. 초롱초롱한 눈빛으로 그녀를 쳐다보고 있는 데, 덩치는 산만한 녀석이 애처럼 굴고 있으니, 슬쩍 웃음 이 나왔다.

'아… 애 맞지.'

아직 열두 살이었다.

"쯧! 그래. 알았다."

결국 허락이 떨어졌다.

"고마워요. 스승님~!"

기쁨에 훌쩍 뛰어드는 카이든의 모습에 오르카가 손을

뻗어 머리를 잡으며 제지했다.

"징그럽다. 징그러."

"에~! 이렇게 귀여운 제자에게 그런 상처가 되는 말을."

그러면서 검지로 양 볼을 찔러대는 카이든의 모습에 결국 그녀의 손이 불을 뿜었다. 정확히는 손가락이었는데, 카이든의 이마 위로 딱밤이 한 대 떨어진 것이다.

빠악!

하지만 결코 딱밤이라 여겨지지 않는 호쾌한 소리와 함께, 카이든의 고개가 격하게 뒤로 꺾였다.

"크억!"

신음성과 함께 목과 이마를 부여잡는 제자에게 그녀가 재차 한마디를 던졌다.

"징그럽다."

"끄응…."

카이든의 앓는 소리가 구슬프게 흘러나왔다.

크라베스카.

대륙 최강 제국의 수도답다고 해야 할까?

케빈과 메리는 연신 감탄성을 터트리며 수도의 풍경을 눈에 담기에 여념이 없었다.

루마니언 지방의 중심지라 할 수 있는 로사테인 백작령에 도 가봤고, 바로 옆 헤일로만 백작령에도 발을 들여 봤다.

둘 다 스테일 남작령을 훌쩍 뛰어넘는 발전 도시였다. 하지만 이곳 제국의 수도는 그 두 도시들의 풍경을 깔끔히 지워버릴 정도로 놀라웠다.

하늘에 닿을 듯 높게 솟아있는 건축물들의 규모만으로 도 경이롭건만, 마치 예술작품을 세워놓은 듯 아름답고 또 멋지게 꾸며놓은 모습들을 보고 있으니, 박수가 절로 나올 정도였다.

하지만 더욱 놀라운 건 따로 있었다.

"저게, 사자의 탑…."

"와……."

전쟁영웅의 거처라고 알려진 탑을 봐 버렸다. 그건 진정 한 의미로써 하늘에 닿을 정도로 솟은 건물이었다. 그 거 대한 제국에서도 어디를 가건 눈에 담을 수 있는 게 바로 사자의 탑이었다.

제국 수도의 자랑거리라고도 불리는 저 어마어마한 건 축물을 통해, 그들 남매는 경악으로 시작되었다 경외감으 로 마무리되는 감정을 체험하게 되었다.

입학시험은 각 지방에 마련된 시험장에서 치른 까닭에, 수도는 이번이 처음이었다. 그런 만큼 사자의 탑의 위용에 시선이 고정될 수밖에 없었다.

한동안 탑에서 시선을 떼지 못하던 남매였으나, 하늘이 어둑어둑해지는 걸 보고는 발길을 돌려야만 했다.

날이 더 어두워지기 전에 아카데미에 들어가야 하는 까닭이었다. 혹여 시간에 늦어 문이 닫혀버린다면 다음 날까지 아카데미에 들어갈 수 없기 때문이다.

"가자."

케빈이 먼저 걸음을 떼고 메리가 그 뒤를 따랐다.

순환마차를 몰던 마부에게 가는 방법을 들은 데다가, 도로 곳곳에 주요 지명과 함께 어디로 가야 하는지 표지판이 세워져 있어서, 아카데미를 찾아가는 건 어렵지가 않았다.

그렇게 얼마나 걸었을까. 문득 케빈의 미간에 한 줄기 주름이 잡혔다.

'이놈들이!'

마차에서부터 메리를 불순하게 쳐다보던 청년들이 뒤를 따르고 있었다.

잠시간 갈등이 일었으나, 우선은 지켜보기로 했다. 슬쩍 메리를 쳐다보니 아직 눈치를 채진 못한 것 같았다. 그녀 역시도 상당한 감각을 지니고 있었으나, 지금은 수도 구경에 정신이 없는 듯 보였다.

여동생의 이런 모습에 미간의 주름이 펴졌다. 입가에도 살짝 미소가 걸려 있었다. 전형적인 팔불출의 느낌이 솔솔 풍겼다.

물론 기분이 좀 나아졌다고 해서 저들 청년들에 대한 분노가 사라진 건 아니었다.

'걸리기만 해! 아주 자근자근 밟아줄 테니까.'

그의 주먹은 당장이라도 날뛸 준비가 되어 있었다.

"오빠."

문득 들려온 여동생의 부름에 케빈이 상념을 내던지며 메리를 돌아봤다.

"왜?"

"저게 아카데미인 것 같은데."

그러며 검지를 뻗는데, 그 끝에 걸린 큼직한 글자가 눈에 들어왔다.

카이스테론!

동시에 그 아래 세워진 거대한 문과 주변으로 쭈욱 뻗어 있는 담장이 시야에 잡혔다.

성벽이라고 해도 충분할 정도로 높고 길었다.

'대단하군.'

딱 봐도 규모가 어마어마해 보였다. 나직이 감탄성을 터트리는 사이 메리가 먼저 걸음을 옮기고 있었다.

"시간 다 됐어."

그녀의 이야기처럼 곧 아카데미의 문이 닫힐 시간이었다. 입구로 보이는 장소 옆에 자그마한 시계탑이 하나 세워져 있었는데, 그걸 통해서 시간을 확인할 수 있었다.

5시 56분.

대개의 아카데미는 6시가 되면 정문을 닫고는 했는데, 카이스테론 역시 이와 다르지 않을 것 같았다.

남매의 발걸음이 조금 빨라졌다.

헌데, 등 뒤로 느껴지는 기척이 심상찮았다. 마차에서의 그 청년들이 여전히 뒤를 따르고 있는 것이 아닌가.

'설마…'

잠시 후, 입구의 경비병에게 입학증을 보이고 정문을 넘는데, 청년들 역시 마찬가지 방법으로 정문을 넘는 것이 아닌가.

'신입생이었나.'

설마 했던 마음이 들어맞은 모양이었다. 하나같이 이십 대는 되어 보이는 것이, 케빈처럼 아카데미 졸업 후 재교육을 받으러 온 모양이었다.

짜증이 살짝 일었으나, 애써 삼키며 걸음을 돌리려는데 청년들이 훌쩍 다가오는 게 아닌가. 그들 중 훤칠하게 생긴 청년이 말을 건네왔다.

"이거, 같은 마차를 타고 오신 분들 아닙니까."

꾹꾹 눌러 삼켰던 짜증이 재차 올라오는 걸 느꼈다. 저들의 눈빛에 걸린 불순함이 한층 짙어진 까닭이었다.

'칠까?'

주먹에 살짝 힘이 들어갔다. 하지만 이내 청년들 뒤편의

33

경비원을 눈에 담으며 힘을 풀었다.

그러면서 휙 하니 여동생의 팔목을 잡고 걸음을 돌렸다.

"어… 어어?"

등 뒤로 당황하는 청년들의 음성이 들려왔으나, 무시하며 걸음을 옮겼다.

그렇게 케빈과 메리가 멀찌감치 사라지고,

"큭! 크하핫!"

청년들 중 한명이 웃음을 터트렸다. 그러자 케빈과 메리에게 말을 걸었던 선두의 청년이 버럭 화를 냈다.

"뭐가 그렇게 웃기냐, 말론."

"신기해서. 고향에서는 동네 아가씨들의 선망의 대상이던 네가 이렇게까지 무시당할 줄은 몰랐으니까."

"쯧!"

"마오론 아카데미 수석 졸업자 라반도, 이곳 카이스테론에서는 안 통하나 보다."

말론의 이야기에 다른 청년들도 동감한다는 듯, 고개를 끄덕이고 있었다.

"그나저나 좀 전에 그 아가씨, 이름은 뭘까? 끝내주게 예쁘던데."

이어지는 말론의 의문성에 라반이 눈을 빛내며 중얼거렸다.

"이제부터 알아봐야지."

그 음성에 담긴 자신감을 읽은 듯, 말론이 재차 실소하며 친우의 등을 바라봤다.

그그그그그긍!

문득 들려오는 괴성에 일행들의 시선이 뒤로 돌아갔다. 어느새 시간이 된 듯, 아카데미 입구가 닫히고 있었다.

문이 전부 닫히는 걸 지켜보던 라반이 시선을 되돌리며 말했다.

"가자."

이내, 청년들도 걸음을 옮겨 안으로 향했다.

◈

카이스테론 아카데미 입학식.

제국뿐만 아니라 대륙에서도 손에 꼽히는 명문 아카데미의 입학식인 만큼, 신입생과 관련되지 않은 이들도 많이 찾아오기에, 이제는 일종의 축제처럼 여겨지는 게 바로 카이스테론의 입학식이었다.

그 때문일까?

수도의 다른 아카데미들의 경우, 의도적으로 카이스테론의 입학식과 날짜를 달리하고는 했다. 그들 역시 조금이라도 더 사람들의 시선을 끌어 모으기 위한 나름의 방편이었다.

"다른 아카데미에서 경계할 법 하네. 바글바글한 것이 징그러울 정도야."

사내는 그리 말하며 아카데미를 쭈욱 둘러봤다. 발 디딜 틈도 없게 많은 사람들이 북적거리는 게 보였다.

"입학식이 몇 시였지?"

옆에서 일행으로 보이는 여인이 물어왔다. 이에 사내가 시선을 돌려 한쪽에 세워진 시계탑을 바라봤다.

"30분 남았네."

"그럼 빨리 가야겠다."

"에휴… 입구에서 시간을 너무 지체했어."

"그러게. 설마 2시간이나 기다릴 줄이야."

일찌감치 도착하고도 이리 시간이 촉박한 이유가 바로 입구의 긴 줄 때문이었다. 하나의 축제처럼 되어버린 카이스테론의 입학식이다 보니, 수도의 제국민들이 대부분 찾아온 것이다.

들어오는 입구가 여러 군데이건만, 그럼에도 불구하고 2시간을 기다려야만 했다. 일일이 신분증을 확인하기 때문이었다.

"케빈하고 메리가 서운해 하겠다."

여인의 이야기에 사내가 쓰게 웃으며 말했다.

"어쩔 수 없지. 그리고 식이 끝나고 보면 되니까. 너무 걱정하진 마."

케빈과 메리.

그 둘을 언급하는 이들 남녀는 바로 제튼과 셀린 부부였다.

아이들의 입학식을 보고자 이른 아침부터 이곳으로 달려온 것이다. 말이 이른 아침이지 실제로는 새벽이나 다를 바가 없었다.

며칠 전부터 셀린이 애들 입학식을 보러 가자고 이야기를 해 왔고, 제튼 역시도 동의하는 부분이기에, 이처럼 아침 일찍부터 출발해서 찾아온 것이다.

〈내일 아침에 출발해도 충분해.〉

전날 밤, 제튼이 했던 이야기에 내심 황당해하던 셀린이었으나, 정말로 늦지 않게 도착한 것을 보고는 얼마나 놀랐던가.

대략 4시간 남짓?

아루낙 마을에서 이곳 크라베스카까지 오는데 걸린 시간이었다.

제튼의 능력을 어느 정도 알고 있다고 여기던 셀린이기에, 더욱 충격적으로 느껴지는 사건이었다.

아루낙 마을이 대륙의 동쪽 끝자락에 위치해 있고, 이곳 수도가 대륙의 중앙 부근에 위치해 있다는 걸 생각해 봤을 때, 이 방대한 대륙의 절반에 가까운 거리를 겨우 그 짧은 시간에 돌파한 것이다. 너무도 놀라운 상황인 탓에, 자연스레 떠오르는 의문이 있었다.

제튼의 과거!

8년여의 시간 동안 억눌러왔던 남편에 대한 궁금증, 그에 대한 호기심이 재차 솟구치는 순간이었다. 하지만 애써 삼켜내야만 했다. 언젠가는 제튼이 스스로 이야기를 해 줄 거라고 믿었기 때문이다.

혹여, 그가 이야기를 해 주시 않는다면?

'그럼 어쩔 수 없지.'

굳이 캐물을 생각은 없었다. 그가 숨기려고 하는 건, 다 그만한 이유가 있을 거라고 믿기 때문이다.

'그래도 기왕이면 말 해 줬으면….'

이런 마음을 감추기가 어렵다 보니, 은연중에 섭섭함이 쌓이는 건 어쩔 수 없었다.

"들어가자."

어느새 입학식이 치러지는 대연무장에 도착한 것인지, 제튼이 그녀에게 말을 건네며 대연무장의 입구로 향했다. 이곳도 줄이 길게 늘어져 있었으나, 이미 아카데미 입구에서 신분증 검사를 한 탓에, 따로 경비가 제지를 하는 모습은 보이지 않았다.

때문에 제튼도 마음 편히 약간의 능력을 발휘할 수 있었다.

스스스슥…

마치 유령이 스쳐가듯, 제튼과 셀린은 사람들을 지나치며 대연무장의 입구를 넘었다.

'대' 연무장이라는 말에 어울리는 어마어마한 규모를 지닌 장소였건만, 관람석에는 사람들이 가득 차서 바글거리고 있었다. 입구쪽에 여전히 늘어서 있는 줄을 생각하자, 새삼 탄성이 터져나왔다.

"엄청나네."

제튼의 반응에 셀린 역시 호응하듯 고개를 끄덕이며 연무장의 중앙으로 시선을 보냈다.

입학식을 거행하기 위한 신입생들이 그곳에 모여 있는 까닭이었다. 그녀는 학생들을 둘러보며 케빈과 메리를 찾기 시작했다.

"제니도 데리고 올 걸 그랬나?"

뜬금없는 제튼의 중얼거림에 셀린이 고개를 흔들었다.

"걔는 새벽잠이 많아서 안 돼."

확실히 틀린 말은 아니었다.

"뭐… 그건 그렇지."

미녀는 피곤하네 어쩌네 하며, 일찍 자고 늦게 일어나는 습관을 들여 버린 제니였다. 당연히 그들 부부의 일정을 따라오지 못했을 것이다.

"아! 저기 있네."

뭔가를 발견한 듯, 제튼이 손을 뻗어 한쪽을 가리켰다.

이에 셀린의 시선이 그곳으로 이동하는데, 과연 케빈과 메리가 한 눈에 들어왔다.

신입생들이 득실거렸으나, 찾아내는 건 생각보다 간단했다. 두 아이의 외모로 인해, 주변 학생들의 시선이 유난스레 모여들었기 때문이다.

아루낙 마을뿐만 아니라, 이곳 제국의 수도에서도 충분히 먹혀주는 외모라는 걸 확인하는 순간이었다.

제튼이 두 아이에게 살짝 기운을 날리자, 깜짝 놀란 얼굴로 주변을 돌아보는 게 보였다. 그러더니 이내 제튼과 셀린을 발견한 듯, 휘둥그레진 얼굴로 이쪽을 확인하더니 환한 미소를 보내왔다.

한 차례 손을 흔들자, 두 아이도 손을 흔들며 화답했다.

"슬슬, 시작하려나 보네."

제튼이 그 말과 함께 대연무장의 한편을 바라봤다. 아카데미의 교직원으로 보이는 이들이 하나 둘 단상위로 올라서고 있었다.

식의 시작을 직감했음일까? 떠들썩하던 사람들의 목소리가 조금씩 낮아지는 게 느껴졌다.

그리고 이내 자잘한 웅성거림 정도만 남았다고 여겨질 무렵,

"지금부터 제 14회 카이스테론 아카데미 입학식을 거행토록 하겠습니다!"

우렁찬 외침이 대연무장을 쩌렁쩌렁 울리며 식의 시작을 알렸다.

식의 순서는 여타의 아카데미와 크게 다를 게 없었다.

간단한 입학식 시작을 알리는 연주와 함께 교사들의 소개가 이어지고, 각 선생님들의 가벼운 인사말이 뒤따른 뒤, 신입생 대표가 간단한 입학선언문을 낭송한 뒤, 마지막으로 아카데미의 정점인 교장 선생님의 이야기로 마무리를 지었다.

그리고 여기서 부터가 진정 입학식이 축제로 넘어가는 순간이라 할 수 있었다.

신입생들이 연무장 중앙에서 물러나고, 기존 아카데미 학생들의 신입생을 위한 환영식이 시작되는데, 그게 아주 볼만했다.

기사학부생들의 합동연무와 개인 연무 및 약속대련, 마법학부 생들이 준비한 마법시연들까지, 그야말로 눈이 즐거울 수밖에 없는 장관들이 펼쳐진 것이다.

점심식사 시간이 지나고, 슬슬 배고픔이 밀려올 즈음이 돼서야 마지막 축하연주가 터져 나오며, 입학식의 끝을 알려왔다.

"정말… 대단해!"

셀린의 감탄사에 제튼이 고개를 끄덕이며 연무장을 바라봤다.

"테룬 아카데미도 대단하다고 생각했는데, 여기는 정말… 수준이 다르네."

이미 케빈으로 인해 아카데미 입학식을 구경한 적이 있던 셀린이었다. 당시에도 적잖게 놀랐었는데, 이번 입학식은 아예 차원이 달랐다.

특히, 마법학부 학생들이 보여줬던 마법 시연에서 그 수준 차이가 명확하게 드러났다.

아무래도 주부다 보니, 잘 모르는 기사학부의 움직임 보다는 화려함이 넘치는 마법학부의 시연에서 그 차이가 절실히 느껴지는 것이다.

"아무래도 애들은 늦을 것 같으니까. 점심은 우리끼리 먼저 먹어야겠네."

흥분된 가슴을 진정시킨 셀린이, 그렇게 말을 하며 연무장 한쪽을 바라봤다. 신입생들이 각 지도 교사들에 의해서 이동을 하는 게 보였다.

과거, 케빈을 통해 테룬 아카데미 입학식을 경험한 덕분에, 저 상황을 바로 이해할 수 있었다.

아마도 신입생들은 저 상태 저대로 아카데미를 한 차례씩 둘러보고 올 것이다. 아카데미의 방대한 규모로 봤을 때, 아이들과 만나는 건 적어도 두어시간은 더 지나야 가능할 것 같았다.

"그래."

간단히 대답하는 제튼의 시선도 연무장 한쪽의 신입생들을 향해 있었는데, 그 목적지가 셀린과는 조금 달랐다.

케빈과 메리가 아닌, 전혀 다른 아이를 눈에 담고 있던 것이다.

'어째서….'

있어서는 안 될 아이가 신입생 무리에 끼어 있었다.

'저 아이가?'

제튼의 머리가 바삐 돌아갔다.

'아카데미에 입학할 나이가 아닐 텐데?'

다행스럽게도 상대편은 아직 그의 존재를 눈치 채지 못한 것 같았다. 혹여 들킬지 모른다는 생각에 바삐 셀린을 데리고 연무장을 나섰다.

하지만 그의 동공에는 조금 전 바라보고 있던 아이의 모습이 연신 아른거렸다.

'카이든!'

제국 황자의 등장에 머리가 복잡해지고 있었다.

◈

아카데미에 들어가기 위한 입학시험은 보통 한 해가 끝나는 겨울 무렵에 이뤄졌다.

그렇다면 보통이 아닌 경우는 무엇일까?

바로 조기입학 시험이었다.

이 경우에는 새해가 시작되고, 아카데미 입학 시즌이 다가올 무렵이 되어서야 치러지고는 했다.

카이든은 이러한 조기입학 시험을 통해서 카이스테론 아카데미에 들어올 수 있었다. 너무 눈에 띄면 안 되기에, 아슬아슬한 커트라인만 유지한 채 입학증을 받아냈다.

물론, 그렇다고 해도 조기입학 시험을 통과했다는 부분에서, 이미 시선의 집중을 피하기가 어렵기는 했다.

'뭐 상관없겠지.'

크게 개의치는 않았다. 그도 그렇게 이번 입학을 위해서 황자로서의 모습을 지워버린 까닭이었다.

특히, 황자의 상징처럼 되어버린 검은머리에 검은 눈동자를 가장 흔한 갈색으로 바꾸면서, 외적인 이미지가 크게 달라져 있는 상태였다.

거기에 더해서 외모적인 부분도 약간의 변화를 준 탓에, 누가 봐도 황자와는 거리가 멀어보였다.

신분증도 평민들 중에서도 하층민의 것으로 만든 덕분에, 조기입학으로 인한 주변의 관심도 빠르게 사그라질 수 있었는다.

이런 부분에서는 쓴웃음이 나올 수밖에 없었다.

'평민들을 위한 아카데미라고 하더니, 그 안에서도 나

름의 신분고하가 있는 모양이네.'

재밌다고 해야 할까? 우습다고 해야 할까?

귀족의 테두리를 벗어나게 해 줬더니, 그 안에서 또 다른 높낮이를 구축하며 계급을 꾸리려 들었다.

고개를 절레절레 흔드는 그의 시선이 한쪽으로 향했다. 신입생들이 수군거리며 시선을 모으는 곳이 있었는데, 카이든 역시 그곳으로 시선을 보냈다.

'대단하네.'

언뜻 닮은 것이 남매로 여겨지는 남녀가 보였는데, 그들의 외모가 진정 놀라왔다.

대륙제일의 미인이라고 알려진 모친 덕분에, 어지간한 미모로는 눈길도 주지 않는 카이든이건만, 저들 남매에게는 절로 시선이 갔다.

'누굴까?'

살짝 호기심이 일었다. 하지만 이내 지워버렸다. 저렇게 눈에 띄는 이들과 엮였다가는 아카데미 생활이 복잡해질 것 같았기 때문이다.

나름대로 외모 조절을 했다지만, 그래도 만에 하나라는 게 있었다. 너무 눈에 띄는 건 여러모로 좋지 않았다.

'그래도….'

재차 동생으로 보이는 소녀에게로 시선이 갔다.

'예쁘긴 예쁘네.'

나이를 먹고도 여전히 대륙제일의 미인이라 불리는 모친과 비교하기는 어렵겠으나, 그의 검술 선생인 오르카와는 충분히 견줄 수 있을 것 같았다.

　저들 남매에게서 시선을 거두던 그가, 깜짝 놀란 얼굴로 다시금 소녀에게 시선을 보냈다.

　'그러고 보니….'

　저들 남매는 그와 같은 방향으로 걷고 있었다. 중간까지 같이 걷던 타 학부생들이 있었는데, 이 전의 갈림길에서 그들과도 전부 헤어지면서, 이제는 같은 학부의 학생들만 남아있는 상황이었다.

　말인 즉,

　'기사학부?'

　오라비로 보이는 남성뿐만 아니라 소녀 역시도 기사학부의 학생이라는 의미가 아닌가.

　'맙소사!'

　새삼 소녀에게로 시선이 갔다. 그리고 마치 관찰이라도 하듯 그녀를 주시했다.

　'하…하핫!'

　그의 검술스승과 비슷한 건 외모만이 아닌 모양이었다.

　'익스퍼트 중급이라니.'

　깜짝 놀랐다. 실로 경이로울 정도의 오러가 그녀의 내부에 자리하고 있는 게 아닌가.

더욱 놀라운 건, 그 은밀함이었다.

'집중하기 전에는 오러의 흔적도 느껴지지 않았건만.'

대단하다고 해야 할까?

문득 그녀의 곁에 있는 오라비에게도 시선이 갔다.

'동생이 저 정도라면.'

왠지 소녀보다 못하지는 않을 것 같았다. 이번에는 사내
를 주시했다.

그 순간, 사내의 시선이 그에게로 향하는 게 아닌가.

"하!"

결국 웃음이 터져버렸다. 주변 시선을 의식해 소리를 죽
이기는 했으나, 그래도 표정까지는 감출 수 없었다.

'이럴 수도 있나?'

제대로 파악하기가 어려웠다. 흐릿하게나마 느껴지는
건 있었는데, 이를 통해서 상대의 수준이 짐작됐다.

'마스터!'

카이든의 두 눈에 불이 들어왔다.

기묘한 감각을 느끼기가 무섭게 상대를 확인했다.

'신입생인가?'

그와 같은 방향으로 걷는 소년이 한 명 보였다. 헌데, 뭔
가가 자꾸 거슬렸다.

'뭐지?'

이내 그 거슬림의 정체를 파악할 수 있었다. 상대가 그를 탐색하려 들면서 느껴지는 불쾌함이었다.

즉각 감각을 차단하며, 역으로 상대를 살폈다.

'…으음!'

그리고 신음해야 했다. 제대로 파악되지가 않았기 때문이다. 어렴풋이 비치는 감각으로 하나의 단어를 떠올릴 수 있었다.

'마스터?'

그의 눈에 불이 들어왔다. 마침, 상대편도 자신의 실력을 인지한 듯, 두 눈 가득 빛을 번뜩이는 게 보였다.

잠시간 서로를 마주보던 둘의 입 꼬리가 슬며시 올라갔다.

'재밌군.'

내심 아카데미 생활에 대한 기대감이 없던 그에게, 작게나마 흥밋거리가 생긴 것이다.

약속이나 한 듯, 동시에 시선을 거둔 그들은 지도 교사를 따라 기사학부로 향했다.

◈

대연무장을 나선 제튼과 셀린은 아카데미 외부가 아닌 내부에서 식사를 하기로 했다.

축제나 다를 게 없다는 이야기가 과장이 아닌 듯, 아카데미 내부에는 다양한 먹거리가 가득 차려져 있어서, 굳이 밖으로 나갈 필요는 없어보였다.

"괜히 나갔다가 들어오는데 애먹기는 싫으니까."

부부의 공통된 마음이었다.

가판대를 보니 학생들이 일제히 먹거리를 팔고 있었는데, 그 곳곳에 붙여진 팻말들을 통해, 인근 상가와 협조를 이루고 있다는 걸 알 수 있었다.

"기왕이면 학생식당에서 먹자."

뜬금없는 셀린의 제안에 잠시 고민하던 제튼이 고개를 끄덕이며 방향을 그쪽으로 잡았다.

"그런데 학생식당에서 먹을 수 있으려나?"

식당으로 향하던 중간에 잠시 이런 의문이 나오기는 했으나, 굳이 발길을 돌리지는 않았다.

"못 먹으면 어때. 애들이 앞으로 밥 먹는 곳 둘러본다고 생각하면 되지."

확실히 나쁘지 않은 생각이었다. 그렇게 식당에 도착했을 즈음, 의외로 그들과 비슷한 생각을 한 학부모들이 많다는 걸 알 수 있었다.

"다들 생각하는 건 비슷비슷 한 모양이네."

제튼의 이야기에 셀린이 고개를 끄덕이며 말했다.

"식당도 개방되어 있네."

학부모들의 이런 행동반경을 알기에 열어놓은 것 같았다. 안으로 들어가니 이미 식사를 시작한 학부모들이 보였다.

상당수의 사람들이 몰려들었으나, 워낙 큰 규모이기에 제튼과 셀린의 차례도 금방 돌아왔다. 음식을 받아 자리를 잡은 셀린이 슬쩍 내부를 돌아보며 말했다.

"잘 꾸며놨네."

"그러게. 이거야 원, 귀족 아카데미라고 해도 믿어주겠다."

"귀족 아카데미에 가본 적 있어?"

"뭐… 그렇지. 하핫! 그보다 입구에 보니까 제 3식당이라고 적혀있던데, 이런 곳이 적어도 두 개는 더 있나 보네."

슬쩍 말을 돌리는 제튼이었으나, 셀린은 굳이 이 부분을 지적하지 않았다.

"그러게. 정말 테룬 아카데미하고는 규모가 다르다."

"제국에서 손에 꼽히는 아카데미인데 당연히 그래야지. 게다가 여기는 테룬 아카데미하고 다르게, 전면 기숙사제도로 이뤄져 있잖아."

"하긴… 그나저나 큰일이네."

갑작스런 셀린의 약한 소리에 제튼이 의아해서 바라봤다.

"제니 고것도 여기로 오겠다고 할 텐데. 으음…."

"큭!"

단번에 그녀의 고민을 이해했다.

"걱정 마. 제니가 공부를 안 해서 그렇지, 머리가 안 좋은 건 아니니까."

제튼의 이야기에 셀린이 뚱한 얼굴로 그를 바라봤다.

"전부, 당신 때문이잖아."

"으음…."

갑자기 화살이 그에게로 향하는 게 아닌가. 나직한 신음 성과 함께 슬쩍 시선을 피했다.

"자꾸 이상한 것만 가르치니까. 그것만 하려고 하는 거잖아."

'이상한 거라니. 끄응!'

검을 배우고 난 뒤로는 공부 쪽에는 신경도 안 쓰는 제니의 태도로 인해, 셀린의 불만을 사버린 모양이었다. 특히, 제튼이 가르치는 연공법이 외모를 가꾸는데 좋다는 걸 알게 된 뒤로는 더욱 열심히 하는 탓에, 공부와는 아예 담을 쌓다시피 한 상태였다.

제튼이 기어들어가는 음성으로 말했다.

"어차피 기사학부에 응시할 거라서, 공부 좀 부족해도 상관없는데…."

"소학원이 생긴 뒤로는 테룬 아카데미도 기본적인 지식

수준을 시험하고 입학여부를 결정하는데, 여기라고 다를 게 있겠어. 오히려 더 높은 수준을 요구할 거 아냐."

확실히 작년과 재작년 케빈과 메리의 시험 당시, 출제되었던 문제들의 수준이 생각보다 높았다고 들었다.

"걱정 안 해도 돼. 케빈이 여기에 입학한 이상, 제니도 열심히 공부 할 거야."

그 말에는 반박의 여지가 없던지, 셀린도 한 호흡 물러났다. 제튼이 슬쩍 이야기를 더했다.

"아마 모르긴 몰라도 1년 만에 공부를 싹 끝내버릴 걸."

"1년?"

"어. 조기입학이라는 게 있거든."

"…아! 그거."

셀린도 들어본 적이 있는 내용이었다.

"지금껏 머리를 놀려서 초반에야 좀 힘들겠지만, 우리 제니가 당신 닮아서 머리 하나는 기똥차잖아."

"흥!"

슬쩍 띄워주는 제튼의 이야기에 셀린이 코웃음을 쳤다. 이를 통해서 그녀의 기분이 나아졌다는 걸 알 수 있었다.

"그나저나 음식 다 식겠다. 빨리 먹자."

제튼이 그 말과 함께 먼저 음식을 집어 들었고, 뒤이어 셀린도 음식들을 입에 가져가며 본격적인 식사가 시작됐다.

깜짝 놀랐다고 해야 할까?

제자 카이든을 위해 입학식에 찾았던 오르카는 의외의
인물을 발견하고는 눈을 동그랗게 떠야만 했다.

'저 놈이 어떻게.'

제튼과 셀린 부부가 학생식당에서 걸어가는 걸 본 것이
다. 마침 그녀도 식사를 할 생각에 학생식당으로 향하던
길이었는데, 그들의 모습을 보고는 급히 발길을 돌려버렸
다.

너무 놀라서 도망치듯 빠져나왔지만, 이내 호흡을 가다
듬고 생각해보니 그녀가 저들을 피할 이유는 없었다.

특히, 시간이 날 때마다 아루낙 마을을 찾아가 셀린과
친목을 다져놓을 덕분에, 그녀들 사이에도 어색함 따위는
존재하지 않았다.

그런데, 왜! 자신이 도망을 쳤나?

가만히 생각해보던 그녀는 이내 그 이유를 깨달을 수 있
었다.

카이든!

제자의 입학 소식을 제튼에게 일부러 알리지 않았다는
게 생각난 것이다. 사실, 일부러라고 하기 보다는 귀찮아
서라고 해야 옳았다.

그리고 나중에 그가 수도로 찾아왔을 때, 깜짝 놀래켜 줄 의도도 약간은 있었다. 이런 조금은 불순한 마음 때문에, 괜히 찔려서 도망쳐 온 모양이었다.

운이 좋았다고 해야 할까? 제튼은 그녀를 발견하지 못한 것 같았다.

'여전히 감각을 죽이고 있나 보네.'

이미 아루낙 마을에서 그가 기운을 봉인하던 모습을 봤다. 때문에 지금 그의 상태를 단번에 이해할 수 있었다.

물론, 어느 정도는 감각을 열어놨겠지만, 오르카 역시 스스로를 감추고 있는데다가, 환영마법으로 외모변화도 준 탓에, 지금 제튼이 지닌 감각으로는 파악하기가 어려울 터였다.

'게다가… 나도 놀고만 있던 것도 아니고.'

8년이라는 시간 동안 그녀는 가르치면서 배운다는 의미를 새삼 깨닫게 되었다.

카이든을 통해 그녀는 알고 있던 것들을 다시 되돌아 볼 수 있었다. 그 안에서 변화를 느꼈고 발전의 가능성을 보았으며, 또 다른 도약의 발판을 이뤘다.

특히, 카이든의 연공을 통해서 배운 것도 상당히 많았다. 제튼에게 직접 배웠다는 연공법이기에, 그 내용을 물을 수는 없었으나, 그래도 옆에서 보는 것만으로도 그녀의 연공법에 많은 도움이 됐다.

과거, 제튼이 브라만이던 당시, 그의 충고로 완성됐다고 여겼던 가문의 연공법이건만, 카이든을 통해서 한 차례 더 발전할 수 있었다.

8년이라는 세월은 그녀 개인만이 아니라 가문에도 큰 도움이 되는 알찬 시간이었다.

중간에 따로 가문에 들러서 새로운 연공법을 가주 전용 연무장에 배치해 놨다. 아직 후계가 정해지지 않아서 당장은 먼지만 쌓일 터였으나, 크게 개의치 않았다.

'여기서 더 발전할 수도 있는 거니까.'

만에 하나라는 게 있기 때문에, 우선은 가문에도 비밀로 한 상태였다. 연무장은 가주 전용이기에 다른 이들에게 들킬 염려는 없었다.

"그나저나…."

오르카의 시선이 제 3식당이 있는 방향으로 향했다.

'어찌한다.'

당장 제튼에게 들키지 않았다고는 하나, 왠지 제튼은 카이든의 존재를 알아챘을 것 같았다. 카이든도 나름대로 외모 변형을 했다지만, 제튼의 눈썰미라면 충분히 파악했을 것이다.

게다가 아직 그녀 수준에 이르지 못한 카이든이기에, 제튼의 감각에서도 자유롭기가 어려울 터였다.

'어쩔 수 없나.'

한숨을 푸욱 내쉰 그녀가 다시금 발길을 돌려 떠나왔던 제 3식당 쪽으로 향했다.

❖

대부분의 신입생들은 아카데미에 도착하면, 임시로 배정받은 기숙사로 들어가 짐을 풀어 놓는다. 그리고 이때부터는 그들만의 자유 시간이었는데, 대개는 이 시간을 이용해서 아카데미 내부를 탐방하고는 했다.

하지만 신입생의 신분증으로는 아카데미의 전부를 돌아보기가 어려웠다.

이는 사실, 아카데미 자체적으로 의도된 상황으로써, 그들의 호기심을 키워놓은 뒤 입학식에서 터트리고자 만든 일종의 계획이었다.

그렇다 보니, 케빈과 메리 남매도 아카데미를 돌아보는 눈길에 쉴 시간이 없었다.

지도 교사가 안내와 함께 각 교실에 대한 설명을 이어나가니, 눈뿐만 아니라 귀 역시도 내용을 담아내느라 바빴다.

그들 남매가 몸담은 기사학부의 시설을 돌아보는 것이 전부건만, 워낙 방대한 규모를 자랑하는 까닭에, 이를 돌아보는데에만 2시간이 넘게 흘러버렸다.

그렇게 기사학부 안내가 끝나고, 지도 교사가 떠나가며, 신입생들에게도 실질적인 입학식의 끝이 찾아왔다.

"대단하네요."

메리의 감탄성에 케빈이 고개를 끄덕이며 지나왔던 길을 돌아봤다.

메리와 달리, 그는 테룬 아카데미라는 교육시설을 이미 거쳐 온 경험이 있었다. 그럼에도 불구하고 이곳 카이스테론은 그의 동공을 키우기에 충분했다.

"그래. 특히, 연무장이 괜찮구나."

그의 이야기에 메리도 동의를 표했다. 크고 넓다는 건 둘째로 치고, 먼저 지붕이 있다는 게 마음에 들었다. 테룬 아카데미의 연무장도 지붕이 있던 탓에, 새로운 훈련장도 지붕이 있다는 게 아주 만족스러웠다.

게다가 지도교사의 설명을 들어보니 테룬 아카데미와 달리 마법처리도 되어 있어서, 익스퍼트급 기사들의 대련에도 충분히 버텨낸다는 부분이 매우 인상적이었다.

"나는 수련을 위한 개인용 목검과 가검이 따로 제작된다는 게 맘에 들더라."

여동생의 이야기에 케빈이 고개를 끄덕이며 말했다.

"고학년이 되면 진검도 제작해 준다고 하더구나."

특히, 각 학년대전의 우승자는 따로 장인의 손을 빌려서 수준급의 검도 제작 받을 수 있었다.

'테룬 아카데미와는 확실히 다르군.'

케빈은 새삼 케이스테론이 제국에서도 손꼽히는 아카데 미라는 걸 깨달았다.

'그렇다면⋯.'

새로운 궁금증이 일었다.

'검술은 어떨까?'

어느 수준까지 배울 수 있을지, 슬며시 가슴 속으로 한 줄기 기대감이 일어났다.

문득, 그의 스승이자 부친이며 인생의 지표이기도 한 존 재인 제튼의 이야기가 떠올랐다.

⟨내가 가르쳐 주는 게 검술의 전부라고 생각하지 마라.⟩

메리 때문에 할 수 없이 수도로 향하는 기색이 있던 케 빈에게 제튼이 했던 말이었다.

⟨테룬 아카데미에서도 너는 배울 게 있었다. 그렇지 않 느냐?⟩

확실히 부친의 말처럼 나름대로 배웠던 게 있었다. 단 지, 제튼에게 배웠던 것과 비교하자면 너무도 미미해서 티 가 나지도 않을 정도라는 게 문제였다.

⟨자그마한, 티끌만한 배움이라도 네게 도움이 된다면 놓치지 마라.⟩

그러면서 케빈의 등을 떠밀었다.

⟨가라. 가서 배워라. 제국에서도 손에 꼽히는 교육시설

인 만큼, 분명 배울 게 있을 게다.〉

부친의 이야기처럼, 슬슬 기대감이 증폭되는 걸 느꼈다.

'그 자.'

특히, 마스터로 여겨지던 또 다른 신입생이 그 기대감의
중심에 서 있었다.

손이 근질근질 하다고 해야 할까?

카이든은 자꾸만 입 꼬리가 올라가는 걸 감추기가 어려
웠다.

'마스터라니.'

얼핏 떠오르는 얼굴은 20대도 안 되어 보였는데, 마스
터라는 걸 생각한다면 보이는 외모가 진실이라고 여기기
는 어려웠다.

하지만 아카데미에 입학한 것을 생각해 봤을 때, 보이는
것과도 그리 차이가 나지 않을 것 같았다.

'같은 학부니까. 언제든 손을 섞을 기회가 있겠지.'

실력을 숨겨야 하는 탓에, 제대로 힘을 쓸 수 없을지도
몰랐다.

'뭐… 그건 그 때가서 생각하면 되는 거고.'

당장은 검을 섞고 싶다는 마음이 우선이었다. 기대했던

것 이상으로 즐거운 아카데미 생활이 될 것 같아서일까?
입가의 미소는 도통 지워질 생각을 안 했다.

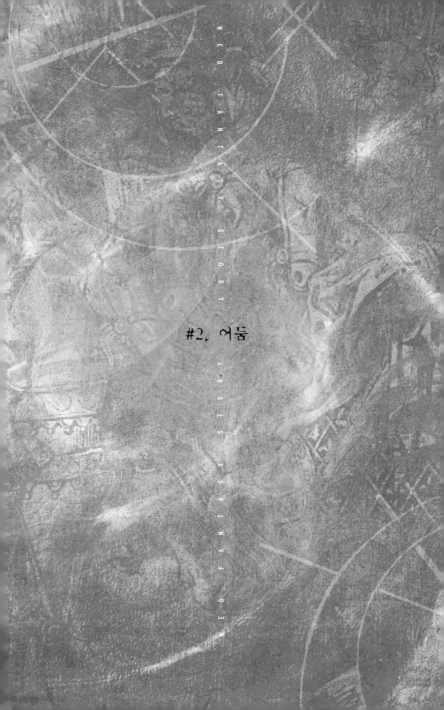

#2. 어둠

#2. 어둠

생각보다 길어져버린 아카데미 입학식 때문일까?

제튼과 셀린은 저녁 시간이 다 되어서야 아이들과 만남을 가질 수 있었다.

"아빠~!"

서로를 확인하기가 무섭게 안겨드는 메리의 모습에는 제튼도 살짝 당황할 정도였는데, 그도 그렇게 어느 정도 큰 이후로는 이렇게 대뜸 달려든 적이 없던 까닭이었다.

그리 긴 시간은 아니었으나, 부모와 떨어져 지냈던 게 제법 부담이 되었던 모양이었다.

'다 큰 줄 알았더니.'

제튼은 가볍게 웃으며 딸아이를 토닥여줬다.

63

"아직도 애기네 애기야. 우쭈쭈쭈!"

그러면서 이렇게 한마디를 더하니, 메리가 입술을 삐죽 내밀며 품을 나왔다.

"누가 애기야. 흥! 칫! 뿡!"

그 모습이 또 그렇게 귀여울 수가 없었다. 다 자랐건만 여전히 어리게만 보이니, 이게 참 재밌는 일이었다.

"아하핫! 콧구멍 넓어지겠다."

"이익!"

방방 뛰려는 메리를 슬쩍 피하며 케빈에게 물었다.

"여행은 어땠냐?"

"나쁘지 않았습니다. 그보다… 어떻게 오신 겁니까?"

케빈의 물음에 제튼이 셀린을 바라보며 말했다.

"네 엄마가 하도 가자고 성화여서, 안 올 수가 없었다."

그 말에 셀린에게로 시선이 모아지니, 그녀가 부드럽게 미소를 그리며 말했다.

"그래도 입학식이잖니."

부모 없이 아이들끼리 이런 행사를 치르게 하고 싶지가 않았다. 특히, 케빈과 달리 메리는 이번이 처음이지 않던 가.

"엄마, 최고!"

메리가 제튼에게 했던 것처럼 셀린에게 홀쩍 안겨들었 다. 그러면서 묻는다.

"그런데 제니는 왜 안 왔어?"

그에 대한 대답은 아주 간단했다.

"걔는 잠이 많아서 안 돼."

모친의 이야기에 의아한 듯 메리가 눈을 동그랗게 떴다. 하지만 셀린은 이야기를 길게 하지 않았다. 아이들이 제튼에게 가르침을 받았다고는 하나, 제튼이 스스로를 감추려 하는 걸 알기에, 굳이 나서서 전부를 말할 마음은 않았다.

'겨우 몇 시간 만에 그 먼 거리를 돌파했다는 건… 솔직히 나도 믿기가 어려운 내용이니까.'

경험하고도 믿겨지지 않을 정도로 놀라운 상황인 만큼, 그냥 속에 담아두기로 한 것이다.

이에 불만스런 얼굴로 메리가 바라보고 있으니, 셀린이 슬쩍 화젯거리를 다른 곳으로 돌렸다.

"그보다 아직 점심도 안 먹었을 것 같은데, 배는 안 고프니?"

그 물음에 그제야 생각났다는 듯, 메리가 자신의 배를 쓰다듬으며 눈살을 찌푸렸다. 조금 이르기는 하겠으나, 저녁을 먹어도 될 만큼 시간이 늦어버린 까닭이었다.

"뱃가죽하고 등가죽이 뽀뽀할 것 같아."

평소답지 않게 조금은 어린양 섞인 메리의 모습에서, 셀린이 쓰게 웃었다.

잠깐의 떨어짐에 그녀를 혹여 힘들게 한 건 아닐까 하는 걱정이 든 것이다. 어린 시절 아픈 경험을 한 것을 알기에, 셀린은 케벤과 메리에게 더욱 신경이 쓰였다.

"그럼, 이참에 정말 맛있는 걸 먹으러 가 볼까?"

제튼이 슬쩍 끼어들며 시선을 유도했다.

"맛있는 거?"

"그래. 여기 아카데미 근처에 그럴싸한 음식집이 있는데, 거기서 아주 맛있는 걸로 사주마."

그 말에 메리가 의아한 듯 바라봤다.

"아빠. 수도에 와 본 적 있어?"

"뭐, 예전에. 어쨌든, 아빠가 추천하는 수도 베스트 맛집! 어때? 가 볼래?"

"당연하지!"

메리가 그 말과 함께 먼저 앞장을 섰고, 그 옆으로 케빈이 붙었다.

"야~야! 넌 길 모르잖아."

급하게 앞서가는 메리를 잡으며, 제튼이 후다닥 달려 나갔고, 그 모습에 셀린이 실소하며 뒤를 따랐다.

❖

오르카는 멀찍이서 단란한 가족상을 연출하는 제튼을

바라보면서, 왠지 울적하다는 느낌을 받았다.

'평생 검에 미쳐 살면서도 부족함을 느낀 적이 없는데….'

왠지 지금 이 순간만큼은 저 자리에 그녀가 있었으면 좋았겠다는 생각이 들었다. 특히, 셀린이 있는 자리. 그 자리가 너무도 가슴에 와 닿았다.

"후…."

고개를 흔들며 발걸음을 돌렸다.

이미 제튼과는 이야기를 끝낸 상태였다. 원래대로라면 그 앞에 나타날 생각이었으나, 셀린을 생각해서 한 발 물러나 메시지만 주고받았다.

〈자세한 이야기는 나중에.〉

이것이 잠깐의 대화 끝에 나온 결론으로써, 오늘 하루는 이곳에 머물고 가겠다는 제튼의 이야기에, 밤중에 따로 시간을 내기로 한 상태였다.

"스승님~!"

문득 들려온 음성에 오르카가 화들짝 놀라서 시선을 돌렸다. 저 멀리서 인파를 뚫으며 카이든이 다가오고 있었다.

자연히 그녀의 시선이 뒤로 돌아갈 수밖에 없었다. 제튼 일행이 제법 먼 곳에 있다고는 하나, 자칫 카이든의 시야에 닿을 수도 있기 때문이었다.

오르카가 급히 카이든에게 다가가며 모든 시야각을 차
단했다.

"뭐가 좋다고 그리 뛰어와?"

"하핫! 오늘 아주 재밌는 일이 있었거든요."

얼굴 가득 기쁨의 빛을 보이는 카이든의 모습에 오르카
가 의아해서 바라봤다.

"기쁜 일? 왜, 맘에 드는 아가씨라도 봤냐?"

"뭐… 그런 것도 있고요."

"호? 그래?"

오르카가 정말 놀랐다는 듯 카이든을 바라봤다. 황제 때
문에 너무 눈이 높아져버린 카이든이 아니던가. 그런 그의
시야에 찼다?

슬쩍 호기심이 일었다.

꼬르륵…

하지만 그 순간 끼어든 한 줄기 가련한 울부짖음이 그들
의 시선을 잡아끌었다.

"배고프냐?"

"스승님 소리 아니에요?"

"이게 레이디한테 못 하는 말이 없네."

"귓밥이 찼나?"

"죽고 싶어서 발악을 하는구나."

"아…하핫! 그보다 어서 밥이나 먹으러 가죠."

그 말에 오르카의 시선이 슬쩍 뒤로 돌아갔다. 더 이상 제튼의 모습은 보이질 않았다. 그녀가 고개를 끄덕이며 대답했다.

"그래. 가자. 학생식당 밥이 어떤지 구경이나 해 보자."

"엑! 명색이 제자의 입학식인데, 겨우 학생식당이요? 앞으로 매일 먹게 될 건데요?"

"그래서 밖에서 먹자고? 집에서 먹는 것 보다 못할 건데."

확실히 황실 요리에 견줄만한 음식점은 찾기가 어려웠다.

'괜히, 밖으로 나갔다가 마주치면 안 되니까.'

제튼과 다른 동선으로 가려는 것, 이게 실질적인 이유였다.

"그래도… 학생식당은 좀."

"쯧! 까라면 까는 거야. 말이 많아."

"끄응….'

오르카의 철권정치에는 카이든도 의지를 꺾을 수밖에 없었다.

"가자. 오늘은 내가 거하게 쏘마."

그 말과 함께 오르카가 먼저 걸음을 뗐다.

"학생식당은 공짜인데요."

등 뒤로 들려오는 카이든의 투덜거림은 깔끔히 무시해 줬다.

새로운 진리!

흑마법이라 불리는 금단의 영역에 손을 댄 대가일까?
베아튼은 하루가 다르게 노쇠해갔다. 이에 브레드는 주기
적으로 그를 찾아 건강을 살펴야만 했다.

그렇게 매번 마주할 때마다 쇠약해지는 모습에, 길어도
1년을 못 넘길 것이라는 불길한 생각이 머리를 떠나지 않
을 정도였다.

베아튼의 상태는 그만큼 위태로웠다.

하지만 어느새 8년이라는 세월이 지났고, 여전히 베아
튼은 그 생을 이어가고 있었다. 실로 놀라운 일이 아닐 수
없었다.

베아튼의 뒤를 이어 새롭게 등극한 리베란 공작을 보필
하고, 가문의 마법부를 지휘하기 위해서 바쁜 상황이었으
나, 그럼에도 불구하고 브레드는 베아튼의 연구실을 매번
찾아갔다.

그리고 경악했다.

'무려 8년이라는 시간을 견뎌내실 줄이야.'

예상했던 걸 훌쩍 뛰어넘는 세월을 버텨낸 것이다. 하지
만 브레드를 진정 놀라게 만든 건 따로 있었다.

"크흐… 크흐… 그래. 지난번에 보내 준 자료는 잘 써먹

었단 말이지. 크흐흐…"

그의 앞에서 기괴한 숨소리가 섞인 웃음을 뱉어내는 베아튼을 보라.

누가 봐도 정상이라고 여겨지지 않는 음성이었다. 게다가 노쇠하여 주름이 자글자글한 얼굴 중에서, 유달리 선명한 두 눈은 절로 움츠러들게 만드는 힘이 있었다.

특히, 그 동공 속으로 번뜩이는 광기의 잔재를 보고 있노라면, 자꾸만 거부감이 들며 시선을 피하고 싶게 만들었다.

'설마… 주군께서 광기에 물드실 줄이야.'

그는 8년이라는 세월 동안 베아튼이 어떻게 미쳐 가는지 지켜봐왔다. 때문에 매 순간순간이 충격일 수밖에 없었다.

대마도사라 불리는 존재로써, 대륙의 별 중 한명이기도한 초인이 미쳐버렸다.

'말도 안 돼!'

믿기 어려운 일이 현실로 일어났다.

브레드는 이 모든 게 '새로운 진리'인 '암흑마법' 때문이라고 여겼다.

'말렸어야 했다. 이토록 위험한 것인 줄 알았더라면, 어떻게든 나서서 막아야만 했다!'

암흑마법의 부작용이 골수까지 뻗었다는 게 브레드의

판단이었다. 하지만 그럼에도 불구하고 완전히 미치지 않은 채, 여전히 실험을 이어가고 있는 건 그가 초인이라고 불리는 대마도사이기 때문이리라.

"크흐… 흐흐… 여기. 이번의 실험자료들을 담은 수정이다. 흐흐흐!"

베아튼이 그 말과 함께 주먹 만한 수정을 건네 오는데, 브레드의 시선은 수정보다는 뼈마디만 남아 앙상한 손을 먼저 확인하고 있었다.

울컥!

감정의 편린이 목구멍을 넘어서려고 했으나, 애써 삼켜내며 수정을 받아 품에 넣었다.

"그럼… 다음에 뵙겠습니다."

일렁이는 가슴 때문일까? 차마 길게 인사를 하지 못한 채 브레드가 연구실을 나섰다. 그런 그의 뒷모습을 잠시간 바라보던 베아튼이 얼굴 가득 주름을 잡았다. 주름 때문에 그 표정을 잡기가 어려웠으나, 눈가에 비친 감정의 잔재로 대략적인 추측은 가능했다.

그는 지금 웃고 있었다.

"크흐흐…흐!"

이를 증명하려는 듯, 기괴한 웃음소리가 갈라지듯 흘러나왔다. 그렇게 잠시간 웃어보이던 그가 미소를 지우며 시선을 돌렸다.

뒤편으로 어지럽게 널려있는 연구 자료들이 보였다. 또한 각종 마법 시료들과 도구 및 재료들 역시 한가득 너부러져 있는 게 눈에 들어왔다.

"흐… 크흐! 얼추 끝난 건가."

8년이라는 시간동안 암흑마법을 조금이라도 더 안정적으로 사용할 수 있는 방법을 연구했다.

그리고 3년 전 즈음해서 어느 정도 결과물을 낼 수 있었다. 이후 좀 더 안정적인 면을 연구하며 발전 가능성을 연구하고, 변형 및 개량을 계획했다.

'…거기까지는 무리……'

결국 3년이라는 시간은 그에게 '한계'라는 부분을 느끼게 만든 시간이기도 했다. 아직은 그가 넘보기 어려운 부분이었다.

사실, 모종의 이유만 아니었더라면 지금도 계속 연구를 이어나갔을 것이다.

하지만 최근 들어 발생한 한 가지 사건이 그의 머리를 어지럽히며 연구를 멈추게 만들었다.

[쫓아. 죽여. 쫓아. 죽여…]

내부에서 쉴 새 없이 들려오는 외침이 골을 아프게 했다.

"흐으… 흐… 그리드."

그에게 암흑마법의 안정성에 관한 연구를 가능하게 만

들어 준 존재가 쉴 새 없이 외쳐대고 있었다.

[쫓아. 죽여. 죽여!]

"시끄럽다. 크흐, 크흐!"

버럭 성을 내듯 베아튼이 목소리를 높이며 거친 숨을 뱉자, 일순 내부의 울림이 사라졌다.

내부에서 들린 목소리의 정체는, 8년 전 우연찮게 받아들인 탐욕의 정령 그리드였다.

당시, 의문의 존재에게 큰 상처를 입고 겨우 한줌의 숨결만 남겨서 도주한 그리드는 베아튼과의 만남을 통해, 겨우 그 존재의미를 이어갈 수 있었다.

하지만 안타깝게도 당시 워낙 큰 부상을 입은 탓에, 그 존재를 온전히 이어가기가 어려웠다.

게다가 그리드를 받아들인 베아튼이 대마도사라는 존재로써, 그 정신세계가 워낙 큰 까닭에, 얼마 안 남은 기력마저도 그에게 흡수되다시피 한 상태였다.

베아튼도 초반에는 이러한 사실을 몰랐으나, 시간이 지나면서 조금씩 그리드에 대해 깨우치며 이러한 사실들을 알게 되었다.

'덕분에… 흐으, 흐… 여태 살아남을 수 있었지. 흐흐!'

원래대로라면 그의 수명은 브레드의 예상처럼 1년을 채 못 넘기고 끊겼을 터였다. 그만큼 암흑마법의 부작용은 엄청났기 때문이다.

특히, 기존에 그가 지니고 있던 마나가 정통성을 자랑하는 가문의 마법체계로 쌓인 것이기에, 그 반발력 역시 더욱 컸고 그만큼 부작용도 엄청날 수밖에 없었다.

"지금껏… 흐흐… 얌전하던 녀석이, 왜 이럴까. 크흐, 크흐!"

암흑마법을 익히며 쌓는 마기가 그리드에게도 이롭게 작용하기에, 지금껏 그리드는 숨죽이며 그의 뜻을 따라줬었다.

그런 그리드가 발광을 하고 있었다.

"역시… 흐으, 흐… 그 이상한 기운 때문인가. 흐으….""

얼마 전, 그의 연구실에서 멀지 않은 곳으로 상당히 불쾌한 기운이 지나간 적이 있었다.

과거라면 그 기운에 이리 큰 거부감이 들지는 않았겠으나, 암흑마법에 깊이 발을 담가 부작용에 심취한 지금은 그리 달갑지 않은 기운이었다.

'신성력.'

그가 있는 연구실이 워낙 산속 깊은 외진 장소에 마련되어 있기에, 성직자를 마주하기는 어려울 수밖에 없었다.

하지만 그럼에도 불구하고 간혹, 그의 연구실 근처를 지나는 성직자들이 몇몇 있기는 했다.

사실, 말이 '근처'지 '길'이 나 있는 장소와 연구실은 상당한 거리가 있었다. 대마도에 이른 감각으로도 감당하기 어려운 거리였다.

그럼에도 불구하고 그 먼 거리를 격하며 성력을 인지할 수 있던 건, 대마도에 이른 경지와 정령의 감각이 일체되며 이뤄진 일종의 이능이었다.

"흐으… 흐… 지금까진 이런 일이 없었는데… 흐으으…."

많은 숫자는 아니더라도 상당수의 성직자들의 그의 감각을 거쳐 갔다. 그도 그렇게 감각권 안에 나 있는 길 중에는 제국 수도로 향하는 길도 있기 때문이었다.

물론, 워낙 먼 거리라서 꼭 수도만으로 한정하기는 어려웠으나, 그 길을 통해 수도로도 갈 수 있다는 건 확실했다.

그렇게 거쳐 간 성직자들 중에는 대신관급에 이른 이들도 몇몇 있었다. 분명, 그 때마다 그리드에게서 미묘한 울림이 있기는 했으나, 결코 지금과 같은 반응은 없었다.

'뭐냐?'

어째서 이런 반응을 보이는 걸까?

그의 성난 외침에 당장은 숨을 죽이고 있다지만, 조금 시간이 지나면 바로 목소리를 높일 터였다.

요 며칠간 반복해 온 일이기에 잘 알고 있었다.

"그리 큰, 성력도 아닌데… 흐으, 흐!"

왜 이렇게까지 반응을 하는 것일까? 자연히 호기심이

일어날 수밖에 없었다.

더 이상 진전이 없을 거라 여겨지는 암흑마법의 연구보다 그리드의 관심사 쪽으로 신경이 쓰였다.

잠시간 고민을 하던 그가 눈을 번뜩이며 자리에서 일어났다.

"흐… 크흐흐… 그래. 가 보자. 크흐!"

이렇게 앉아서 고민만 하느니, 직접 만나서 뭐가 문제인지 확인을 하는 게 나을 것 같았다.

브레드에게 자료가 담긴 수정도 넘긴 상황이기에, 굳이 연구실에 붙어있을 이유도 없었다.

"크흐으으…."

한 줄기 붉은빛이 그의 주변에 번뜩인다고 여긴 순간,

스팟!

그의 존재가 연구실에서 사라졌다.

◈

과연 제국의 수도라고 해야 할까?

일종의 축제라고 할 수 있는 아카데미 입학식 현장을 벗어나, 수도 크라베스카의 거리로 들어섰건만, 여전히 득시글한 사람의 물결이 거칠게 파도치고 있었다.

"정말… 대단하네요."

셀린의 탄성이 터져 나오고, 메리의 수긍하는 고갯짓이 뒤따랐다.

이미 경험을 한 크라베스카 거리의 풍경이었으나, 저 어마어마한 인파는 볼 때마다 감탄하게 만들었다.

"이렇게 많은 사람이 돌아다닐 수 있다니."

새삼 대 제국의 수도라는 게 실감났다. 동시에 그녀의 어릴 적이 떠올랐다.

'설마, 칼레이드가 이렇게 큰 제국이 될 줄은 몰랐지.'

약소왕국 칼레이드의 백성으로 나고 자랐던 기억이 있기에, 더더욱 지금 수도의 모습이 놀랍게 여겨지는 것일지도 몰랐다.

팟. 팟. 팟. 팟…

문득 사람들의 머리 위로 은은한 빛 무리가 비쳐드는 게 보였다. 뭔가 싶어서 바라보니 도로 곳곳에 설치된 마법등에 불이 들어오는 것 같았다.

그 불빛 너머를 보니, 슬슬 하늘이 어두워지고 있었다.

"멋지네요."

셀린의 이야기에 제튼이 고개를 끄덕였다.

수도 전체를 아우르며 밤의 장막을 거둬내는 마법등의 향연은 실로 장관이었다. 아직 완전한 어둠이 찾아온 건 아니기에 그 불빛의 찬란함을 온전히 느끼기가 어려웠으나, 그럼에도 불구하고 눈이 즐거워지는 광경이었다.

특히, 그저 빛만 내는 게 아닌 다양한 색으로 치장을 한 마법등은, 현란하고 화려하다는 의미의 수식어가 부족하지 않아 보였다.

제국을 처음 찾는 이들이라면 누구나 이 아름다운 야경에 넋을 놓을 수밖에 없을 것 같았다.

"저기 보인다. 들어가자."

두 모녀의 정신을 잡아끄는 소리에 시선을 돌려보니, 제튼이 저 한쪽에 '라. 메피론'이라 적힌 음식점을 향해 검지를 뻗으며 손짓하고 있는 게 보였다.

고개를 끄덕이며 그를 따라 음식점으로 다가가는데, 제튼이 이야기했던 것처럼 맛집의 분위기가 물씬 풍겼다.

아직 저녁식사를 하기에는 이른 시간임에도 불구하고, 음식점 안쪽에 사람들이 가득한 것이 아닌가.

게다가 바깥으로 흘러나오는 음식 냄새가 놀랍도록 군침을 뽑아냈다.

"들어가자."

제튼이 그 말과 함께 먼저 안으로 들어갔다.

'오랜만이네.'

과거, 천마가 그의 육신을 지배하던 시절 자주 들렸던 음식점 중 하나였다. 제튼 역시 천마와 공유한 감각을 통해, 이 음식점의 맛을 혀끝에 담고 있었다.

기억을 토대로 찾아온 것이기에, 실질적으로 이곳에 들

린 건 처음라고 할 수 있었다.

'예전하고는 좀… 달라졌나.'

식당 안을 쭈욱 둘러보던 제튼은 가게 안을 채우고 있는 분위기가 전과 다르다는 걸 느꼈다.

'그래도 제법 서민적인 식당이었는데.'

과거와 달리, 지금 식당을 채우고 있는 이들의 분위기는 하나같이 귀족가의 사람들처럼 보였다.

제국을 떠나고, 실질적으로 이곳을 찾은 건 10년이라는 세월이 조금 더 됐다.

'천마 세상으로 치자면 강산도 변할 시간인가.'

강과 산이 아닌 인간세상의 풍경인 만큼 변화는 더욱 극심했을 것이다.

식당 입구 쪽에 걸려있는 메뉴판이 보였다.

'가격도… 달라졌군.'

전에는 서민들도 약간의 무리만 하면 충분히 즐길만한 가격이었다. 하지만 지금은 정말 귀족 음식점 수준이었다.

"괜찮겠어?"

셀린이 조심스레 물어오자 제튼이 굳었던 표정을 지운 뒤, 활짝 미소를 피워내며 대답했다.

"이거 왜 이래. 나 생각보다 주머니가 묵직한 사람이야."

그 말레 셀린이 눈을 빛냈다.

"흐~응. 그래요?"

'아차!'

제른은 그제야 자신의 실수를 깨달았다. 잠시 옛 생각을 하느라 중요한 현재를 잊어버린 것이다.

"제가 모르는 뒷돈이 있으셨나 보네요?"

"그… 그게….."

등 뒤로 차오르는 땀방울이 그의 감정을 대변해줬다. 갑작스런 셀린의 존대가 더욱 부담스럽게 다가왔다.

사실, 그는 셀린에게 용돈을 받아쓰는 신세이기 때문이었다. 이를 토대로 나름의 변명거리를 내어놔야만 했다.

"그, 그동안 열심히 차곡차곡 모은 거야."

어느 정도는 틀린 말이 아니었다.

애초에 이곳 라. 메피론을 찾은 이유도 싸고 맛 좋은 음식점이라는 이유를 생각하면서 온 것이었다. 그런 만큼 제른의 이야기도 전혀 틀린 것만은 아니었다.

'설마, 음식 가격이 이렇게 바뀌었을 줄이야.'

비싸기는 하나 감당 가능한 액수였다. 셀린의 말처럼 제른에게 뒷주머니가 있는 까닭이었다.

'아… 미치겠네.'

셀린의 눈치를 보아 하니, 마을로 돌아가서 제법 골치 아파질 것 같았다. 분위기만 놓고 본다면 당장 오늘 밤부터 추궁이 있을지도 몰랐다. 오랜만에 잠자리가 두려워졌다.

"흠… 흠… 그보다 우선, 들어가서 먹으면서 이야기를 하는 게 어때? 애들도 배가 고파 보이는데."

그러면서 두 아이를 바라보니, 초롱초롱한 눈빛으로 자신들을 신경 쓰지 말라는 오오라는 보내고 있었다. 심지어 메리는 케빈의 팔을 감은 채, 뒤로 한 걸음 물러나 있기까지 했다.

'요것들이!'

아군은 없고 적군만 가득한 상황 속에서 구원자가 나타났다.

"어서 오십시오."

음식점 종업원이 다가온 것이다. 기회를 잡았다는 듯, 다급히 종업원의 말을 받으며 자리 안내를 부탁했다.

"2층 창가 쪽에 자리가 비었는데, 거기로 하시겠습니까?"

"창가 좋지! 갑시다. 가!"

등 뒤로 셀린의 날카로운 눈초리가 따라붙고 있다는 걸 알았으나, 애써 무시하며 종업원의 등을 떠밀며 2층으로 올라갔다.

그렇게 2층 창가에 자리를 잡고 주문을 한 뒤, 식사를 기다리면서 슬쩍 셀린을 바라보니, 다행스럽게도 더는 추궁하려는 느낌이 없어보였다.

'휘유….'

안도의 한숨을 내쉬며 가슴을 쓸어내리는 그에게 메리가 질문을 던져왔다.

"주문하는 거 보니까. 아빠는 여기 자주 와 봤나보네?"

"뭐… 예전에 기사 생활 할 때, 오다가다 몇 번 들른 정도지. 예전 메뉴가 남아 있는 것 같아서, 그냥 예전에 내가 즐겨먹던 것들로만 시켰다."

풍기는 냄새로 봐서는 그 맛만큼은 변함이 없을 것 같으니, 가족들을 실망시킬 일은 없을 것 같았다.

"그나저나. 아카데미를 둘러 본 소감은 어떠냐?"

제튼이 그렇게 말하며 두 아이를 바라봤다.

"뭐… 아직은 잘 모르겠어. 그냥 건물 좋다. 뭐, 이 정도?"

메리의 짧은 품평에 제튼이 케빈에게로 시선을 던졌다.

"메리 말처럼, 확실히 건물이 좋더군요. 특히, 연무장이 맘에 들었습니다. 게다가…"

잠시 말을 흐리는 케빈의 눈빛에 한 줄기 불꽃이 타올랐다.

'음?'

이를 느낀 제튼이 호기심을 띄울 때, 케빈의 다음 이야기가 이어졌다.

"흥미로운 일도 있었죠."

'마스터의 기운을 내뿜던 자.'

이런 케빈의 반응에 제튼의 표정이 살짝 굳어졌다.

'이 녀석이 관심을 가질만한 상대라⋯.'

아들의 검에 대한 집념을 잘 알기에, 관심대상이 검과 관련되어 있을 것이라는 생각이 들었다.

'검⋯.'

제튼이 생각하기에 아카데미 내에서 케빈의 관심을 끌 만한 실력자는 극히 소수였다.

'설마⋯.'

한 아이의 얼굴이 떠올랐다.

'⋯아니겠지?'

하지만 그럼에도 불구하고 자꾸 그 아이의 모습이 뇌리에서 지워지지 않았다.

카이든!

이미 마스터에 이른 케빈의 관심을 끌 정도라면, 능히 그와 비견되는 수준에 있어야 할 것이기에, 또 다른 아들의 모습을 떠올리게 된 것이다. 그 아이 역시도 마스터에 이른 상태이기 때문이었다.

그가 알기로 아카데미 교사들 중, 마스터에 이르는 실력자는 존재하지 않기 때문이었다.

'아닐 거야. 아니⋯겠지?'

기뻐하는 기색이 역력한 케빈의 모습에 애써 마주 웃어주고 있기는 한데, 참으로 복잡 미묘한 감정에 제대로 웃음이 나오질 않는다고나 할까?

형제끼리 검은 드리우게 생겼으니, 온전히 웃어 주기가 어려울 수밖에 없었다.

그러는 사이 음식이 나오며, 식사기 시작되었다.

오랜만에 하는 본격적인 외식이라고는 하나, 제튼은 가족들이 이 정도로 엄청나게 먹을 줄은 몰랐다.

'으…으으!'

그의 뒷주머니가 이번 한 번의 외식으로 탈탈 털린 것이다.

마치 작정이나 한 듯, 셀린의 지시아래 아이들은 음식을 먹어대기 시작했다.

마스터에 이른 케빈의 식성은 그야말로 초인다웠고, 메리는 반전매력을 뽐내기라도 하듯, 무식할 정도로 음식들을 뱃속에 저장하려 들었다.

그리고 그들 두 아이들의 한쪽에서 싸늘한 미소를 지어 보이는 셀린.

〈얼마나 꼬불쳤나 한 번 보자!〉

그 미소가 그렇게 느껴져, 등골이 오싹했던 순간이었다.

'내가 제지시킬 때까지 계속 먹이다니.'

천사 같은 아내였으나, 가끔 마녀처럼 굴 때면 정말 무서워지곤 했다.

'아…짭짤했었는데.'

모르긴 몰라도 마을로 돌아가는 즉시, 그의 부수입을 통제하려 들 터였다.

'나중에 눈치 봤다가, 새로운 루트를 뚫어야겠네.'

제튼이라는 존재가 루마니언 지방에서 알아주는 강자로 인정받으면서, 돈을 구하는 건 생각보다 어렵지 않았다.

단지, 최대한 검을 통해서 돈을 벌어들이려 하지 않다 보니, 뒷주머니가 생각보다 두둑하지 않은 것뿐이지, 그 명성 때문에라도 주머니에 먼지 날릴 일은 없었다.

"감사합니다!"

종업원의 힘찬 인사소리가 들려왔다. 많이 팔아줘서 감사하다고 들리는 건, 그저 환청이리라.

"아카데미는 몇 시까지 들어가면 되니?"

셀린의 물음에 제니가 케빈을 돌아봤다.

"9시까지만 들어가면 됩니다."

평소에는 6시에 문을 닫았으나, 입학식이라는 특별한 날이기에 3시간을 더 연장한 것이다.

"아직도 시간이 많네. 이참에 수도 구경이나 제대로 해보자."

그렇게 말한 셀린이 슬쩍 제튼의 등을 밀었다.

"당신이 잘 알 테니까. 한 번 안내해 봐요."

"뭐, 그건 그렇지."

제튼이 쓰게 웃으며 뒷머리를 긁적거렸다.

'잘 아는 걸 넘어서지.'

이 수도를 설계하는데 한 팔 거들었을 정도였다.

"그럼…."

팟. 파팟. 팟…

방향을 잡으며 명소에 대한 설명을 시작하려는 찰나, 문득 머리 위가 어지럽다는 느낌을 받았다.

뭔가 싶어서 시선을 위로 올려 보니, 마법등이 깜빡거리고 있는 것이 아닌가.

"뭐지?"

"이게, 무슨 일이야?"

사람들이 의문성을 내뱉으며 시선의 위로 올렸다. 그도 그렇게 마법등의 깜빡거림이 한 두 개가 아닌, 눈에 보이는 거리 전체에서 일어났기 때문이었다.

파팟…팟……

그리고 얼마 지나지 않아, 마법등이 동시에 눈을 감았다.

그렇게 빛이 사라지고 어둠이 찾아왔다.

이어진 잠시간의 정적.

"어헉!"

"뭐야!"

"으악! 누구얏! 발 밟은 노… 죄송합니다!"

짧은 침묵 끝에, 거대한 소란이 일어났다. 이런저런 웅성거림들이 순식간에 거리를 가득 메워갔다. 빛을 일어버린 사람들의 당혹감이 외부로 표출되기 시작한 것이다.

게다가 갑작스레 찾아온 어둠의 시간에 일말의 불안감마저 일어나려 하고 있었다.

"아버님."

케빈은 뭔가 이상하다는 것을 느끼며 제튼을 불렀다. 그러면서 제튼의 표정을 살피는데, 마스터에 이른 감각은 어둠 속에서도 그의 얼굴과 표정을 관찰할 수 있게 해줬다.

그렇게 확인한 제튼의 표정에서 케빈의 확신할 수 있었다.

'뭔가 있다!'

잔뜩 굳어있다 못해, 한 줄기 주름마저 세우고 있는 제튼의 미간이 그 증거였다.

"잠시 다녀올 데가 있는데, 기다려줄 수 있지?"

제튼은 셀린을 향해 그리 물었다. 어둠 속에서 그녀가 확인할 수 있는 건 그의 음성뿐이었는데, 오로지 청각에 의지하는 까닭일까?

그의 기분이 한층 선명하게 느껴졌다.

"조심해."

짧은 한 마디는 허락을 담고 있었고, 그 즉시 제튼은 신형을 내던지며 하늘로 날아올랐다. 어차피 어둠만이 가득한 공간인 탓에, 그에게 주목하는 이들은 없었다.

◆

마법사.

이성적 사고에 의한 진리의 탐구를 염원하는 자.

대마도사

이런 마법사들의 정점에 있는 존재라고 할 수 있었다.

그리고 베아튼은 바로 그 정점의 존재 중 한명이었다.

[죽여! 죽여! 죽여!]

"크흐… 흐으… 닥…쳐!"

때문에 그리드의 광기에 먹히지 않으려, 이성을 잃지 않으려 스스로를 다잡을 수 있었다.

하지만 그럼에도 불구하고 그리드와 동화되어버린 육신과 본능은 이성적인 사고를 배제하려 들고는 했다.

팟. 파팟. 팟……

주변 가득 퍼져나가는 어둠의 물결이 바로 그 불완전한 광기의 결과물이었다.

그의 의지를 넘어 멋대로 기운이 퍼진 것이다.

덕분에 수도 크라베스카의 동문 지역 일대의 마법등은
죄다 빛을 잃어야만 했다.

이러한 상황이 발생하고 나서야 그는 자신의 실수를 인
정할 수 있었다.

"크흐… 오는 게 아니었건만… 흐으…."

잠시, 그리드의 욕망에 넘어가 호기심이라는 명목으로
이성적 사고를 외면해버렸다.

게다가 목표물을 발견하고 나자, 한층 거세진 그리드의
기세가 그의 이성을 더욱 비틀었다.

그 결과, 그의 마기가 크라베스카 동문 지대의 마나를
크게 뒤트는 사태까지 와버렸다. 잠시 후면 황궁 마법사들
이 달려 나올 것이다.

그 전에 도망가야 했다.

'크흐흐… 들킬 수야 없지….'

과하게 노쇠해버린 외모 덕분에 옛 모습을 찾기가 어렵
다고는 하나, 그래도 만에 하나라는 게 있었다.

특히, 마기를 드러낸 이상 조심해야만 했다.

그리드라는 정령의 힘을 통해 새롭게 변형한 마기라고
는 하나, 새로운 마법의 탄생이 아닌 만큼, 암흑마법의 본
질이 드러날 수도 있기 때문이었다. 자칫 잘 못 했다가는
가문에까지 피해가 갈 수도 있었다.

목표물을 한 차례 바라봤다. 어둠이 짙게 깔렸으나 그에게는 문제될 게 없었다.

저 멀리, 이제 겨우 10대 중반을 넘어갈 법한 소녀가 눈에 들어왔다. 그리드를 발악하게 만들 정도의 특별함은 없어 보였다.

"흐… 흐으… 성력이 느껴지는 것 같긴 한데… 흐으…."

연구실에서 느꼈던 것처럼, 그다지 대단한 수준은 아니었다.

이해할 수 없다고 여기면서 슬쩍 신형을 돌렸다. 들어왔던 것처럼, 다시금 성벽을 넘어 밖으로 나가려는 것이다.

[죽여. 죽여. 죽여!]

그리드의 외침이 들려왔다. 하지만 무시했다. 성인식도 안 치렀을 것 같은 소녀 한 명 잡자고, 연구도 팽개치고 달려온 게 민망했다.

"크흐?"

문득 든 의아한 감각에 시선이 뒤로 돌아갔다.

뭔가가 다가오고 있었는데, 대번에 상대를 파악할 수 있었다. 조금 전 목표물과 함께하던 사내로써, 목표물의 부친이라고 여겨지던 자였다.

조금 전, 목표물을 확인하던 당시, 언뜻 사내와 눈이 마주쳤다고 생각했었는데, 그게 착각이 아닌 모양이었다.

'제법.'

날아드는 속도로 봐서 상당한 실력자로 비쳐졌다.

"크…."

간단한 손짓과 함께 어둠의 물결이 쭈욱 뻗어나갔다.

콰아아앙!

순간 허공을 울리는 거대한 폭음이 수도 전체로 퍼졌다. 가볍게 쏘아낸 일격이었으나, 그 안에 담긴 마기의 양은 상당했다.

간단히 손을 쓰려 했건만, 목표물과 연관이 있다는 생각에 그리드가 힘을 좀 더 실어 넣은 모양이었다.

'죽었겠군.'

고개를 흔들며 신형을 돌렸다. 이 이상 시체했다가는 황궁 마법사가 찾아올 수도 있었다. 조금 전 폭음으로 그의 위치가 들켰을지도 몰랐다. 한시 바삐 빠져나가야만 했다.

생각하기 무섭게 그의 신형이 쭈욱 쏘아져갔다. 그리고 막 성벽을 넘어서려는 찰나, 기묘한 감각이 등 뒤로 밀려들었다.

"크헛!"

헛바람을 삼키며 급히 신형을 위로 튕기자, 그의 발밑으로 아슬아슬하게 지나쳐가는 한 줄기 섬광이 있었다.

'오러…블레이드?'

깜짝 놀라서 뒤를 돌아보니, 눈에 익은 그림자 하나가

다가드는 게 아닌가.

'멀쩡…해?'

조금 전, 목표물과 함께하던 그 사내였다.

"크흐… 흐으… 마스터냐?"

그의 물음에 사내가 대답이 아닌 질문으로 응수했다.

"역시, 살아있었나?"

무슨 말을 하는 것일까?

"그리드."

이어진 한 단어가 베아튼을 경직되게 만들었다.

"어…떻게? …흐으…으…."

"착각이 아니었군."

사내, 제튼이 서늘한 눈빛으로 베아튼을 바라봤다.

"호흡이 안 좋은데…."

이어진 이야기에 베아튼의 얼굴에 주름이 늘었다. 왠지 상대가 자신의 상태를 파악하고 있다는 느낌을 받은 것이다.

'강자!'

그것도 예상을 훨씬 웃도는 강자일지도 몰랐다.

"숨 쉴 때마다 정령력이 느껴지는 게, 그리드의 기운을 흩어 놓은 모양이군."

'역시!'

상대는 정확히 그의 상태를 인지하고 있었다.

그리드의 정령력을 몸 군데군데 분산시켜 놓았다는 걸 대번에 알아봤다. 그 중에는 폐에도 일부 흩어져 있어, 호흡이 거칠어지는 건 어쩔 수가 없었다.

이렇게 흩어놓지 않으면 그리드의 광기에 취해버릴 수 있기 때문이었다.

"흐으… 흐… 누구냐… 너……."

베아튼의 물음에 제튼은 대답 대신 손을 내밀었다.

"허억… 실드!"

일순간 피어난 섬광이 빠르게 날아들었다. 급히 보호의 주문을 외우자 반투명의 막이 그의 전방에 세워지는데, 왠지 느낌이 좋질 않았다. 혹시나 하는 마음에 급히 신형을 옆으로 빼냈다.

서걱!

"크읍!"

섬뜩한 절삭음과 함께 반투명의 막이 베어지고, 그의 어깨를 스쳐가는 섬광을 보았다. 날카로운 검광에 어깨를 살짝 베인 듯, 고통이 밀려왔다.

'오러 블레이드를 넘어섰다.'

일반적인 오러 블레이드였다면 그의 실드를 이리도 쉽게 베어낼 수가 없었다.

"흐으… 대체… 누구냐?"

"알 필요 없다."

제튼은 그 말과 함께 재차 기운을 피어냈다.

상대를 향한 의문이 내부 깊숙이 몰아치는 순간, 그의 내면에서 일렁이는 광기의 소용돌이를 느꼈다.

'그리드?'

흩어놓았던 정령력이 한데 모이며, 이성적 통제를 벗어나려 들고 있었다.

[놈! 놈이다!]

이건 또 무슨 소리인가, 싶어서 그리드의 말에 귀를 기울이는데, 언어가 아닌 의지로써 그 이미지를 전해왔다.

'아!'

동시에 눈이 번쩍 뜨였다.

'…그 자.'

언제고 그리드의 이전 계약자 헤룬을 베어냈던 사내.

그 얼굴 없던 공포가 머릿속에 그려지고 있었다.

"…당신이 왜?"

베아튼의 이 짧은 질문에 제튼이 표정을 딱딱하게 굳혔다.

'설마, 알아챘나?'

그의 정체를 들켰다는 느낌이 왔다.

"크흐으… 카베른 지방에서… 나왔나?"

이어진 질문에 내심 안도할 수 있었다. 브라만 대공에

95

관한 부분을 들킨 건 아니라고 여긴 것이다. 하지만 그리드가 그의 정체를 알고 있기에, 온전히 안도할 수는 없었다.

'하필이면 눈을 맞아가지고는….'

조금 전, 가족과 있던 무렵, 베아튼과 눈을 마주쳐버렸다. 아주 찰나간의 마주침이었으나, 그리드를 느낀 순간 무시할 수가 없어서 뒤를 쫓아야만 했다.

"그리드가 알려 줬나?"

제튼의 물음에 베아튼이 작게 고개를 끄덕였다. 조금 전 어깨를 스쳐간 기운으로 상대의 정체를 읽은 것이다.

"알지 말아야 할 것을 알아버렸군."

베아튼이 아랫입술을 질끈 깨물었다. 목숨을 원한다는 게 느껴졌다.

[죽여!]

그리드가 내부에서 기운을 크게 일으키며 의지를 보내오고 있었다. 짧은 갈등이 일어났다.

하지만 길게 생각할 수는 없었다. 그 와중에도 그리드는 기운을 일으키고 있었고, 조금씩이나마 이성적 판단력을 앗아가고 있던 까닭이었다.

"크으으음…."

그리드를 억제하는 게 쉽지가 않아, 절로 신음성이 새나오는데, 그 순간 제튼이 움직였다.

번쩍!

한 줄기 섬광이 날아들었다.

'대체 어디서?'

검도 안 들도 있는 것 같건만, 이 날카로운 오러 블레이드는 무엇이란 말인가. 의아해 하면서도 급히 몸을 피해냈다. 헤이스트를 통한 고속이동으로 검광을 피해낼 수 있었다.

하지만 온전히 피해낸 건 아닌 듯, 허벅지에서 짧은 고통과 함께 핏물이 솟구쳤다.

"크흡!"

신음성이 흘러나왔다. 감각을 공유하는 탓에, 그와 같은 아픔을 느낀 그리드가 노호성을 터트렸다.

[브라—만!]

눈이 번쩍 뜨였다.

"쓸데없는 소리까지 하는군."

그 순간 상대가 내뱉은 한 마디. 그리드의 음성을 들은 것이다.

'정령의 음성을 들었다고?'

말도 안 되는 상황이었으나, 지금 중요한 건 그게 아니었다.

그리드의 한마디를 곱씹던 베아튼이 하얗게 질린 안색으로 제튼을 바라봤다.

"…대공?"

지금 이 순간, 상대의 정체에 대해 알아버렸다. 제튼의 얼굴에서 표정이 사라졌다.

스스스스스…

동시에 그의 머리색이 검게 물들기 시작했다.

크와아앙!

그리고 놈이 깨어났다.

◈

처음 이상을 느낀 건 막 식사를 끝내던 무렵이었다.

'뭐지?'

식판을 정리하던 오르카는 시선을 들어 주변을 돌아봤다. 이상한 부분은 느껴지지 않았다. 하지만 감각은 이변을 인지했다.

팟. 파팟. 팟…

아니나 다를까. 곧이어 눈에도 현상이 인식되었다.

"선생님."

카이든이 그녀를 바라보며 안색을 굳히고 있는 게 보였다. 한 차례 고개를 끄덕인 오르카가 먼저 몸을 띄웠다. 그 뒤로 카이든이 바삐 따라붙었다.

어차피 어둠이 짙게 깔린 상태라서, 주변 시선을 신경

쓸 필요는 없었다.

순식간에 학생식당을 나와 아카데미의 담장을 넘었다.
이내 현상의 근원지를 찾아 몸을 날렸다.

밀려드는 기운의 물결을 역으로 추적하며 내달려갔다.
그렇게 얼마 쯤 갔을까. 일순간 저 멀리서 한 줄기 거센 파
동이 일어나는 걸 느꼈다.

그 즉시 신형을 멈춰 세워야만 했다. 파동 속에 담긴 기
운의 정체를 읽은 까닭이었다.

'제튼!'

오르카의 시선이 뒤로 돌아갔다. 그녀와 함께 신형을 멈
춰 세운 카이든이 보였다.

'이런…'

카이든 역시 조금 전의 파동을 읽은 듯, 표정에 변화를
비치고 있었다.

"아빠?"

그 한마디로 확신할 수 있었다. 카이든이 제튼의 등장을
읽은 것이다.

제튼은 주기적으로 황자를 만나러 찾아오고는 했기 때
문인지, 카이든은 크게 이상함을 느끼지는 못했다. 그저
반가운 마음에 미소를 얼굴 가득 그리고 있을 뿐이었다.

이런 카이든과 달리 오르카는 긴장할 수밖에 없었다. 제
튼이 가족과 함께 하는 걸 알기 때문이었다.

'어쩐다.'

고심하고 있는 사이, 카이든이 먼저 신형을 내던졌다.

'쯧!'

짧게 혀를 찬 오르카가 급히 그 뒤를 따랐다. 하지만 채 얼마 내달리기도 전에 그들의 신형은 멈춰서야만 했다.

스스스스스스…

거대한 어둠이 저 멀리서부터 밀려드는 걸 본 것이다.

이미 불빛 한 점 없는 거리위로 새로운 어둠이 덧씌워지고 있었다.

그야말로 어둠을 뒤덮는 어둠이었다.

게다가 보통의 사람은 느끼기도 어려운 거대한 힘이 저 안에는 담겨 있었다.

'꿀꺽!'

저도 모르게 침을 삼키며 긴장하는 오르카와 달리, 카이든은 묘한 흥분감을 느껴야만 했다.

'아빠!'

그에게도 어둠과 닮은 기운이 있는 까닭이었다. 부친의 기운이 그를 뒤덮고 지나가는 순간, 내부에서 부친의 기운에 호응하듯 그의 기운이 일어났다.

우우우우우우…

이름 모를 심공이 눈을 뜨며, 백룡이 자신의 존재를 알리듯 목소리를 높였다.

그리고 저 멀리서 이에 화답하듯, 한 줄기 울부짖음이 터져 나왔다.

크와아앙!

그것은 귀가 아닌 가슴으로 듣는 하나의 의념이었다. 모르긴 몰라도 이 근방의 사람들은 알 수 없는 오한에 몸을 떨며 하나같이 몸을 웅크리고 있을 터였다.

'일부러 자제하신 것 같은데도, 이런 강렬함이라니.'

짜릿한 전율이 등골을 타고 머리끝까지 치솟았다.

"가자."

오르카가 그 말과 함께 재차 신형을 내던지는 게 보였다. 고개를 끄덕이며 카이든도 그 뒤로 따라붙었다.

한시 바삐 부친을 만나고 싶어졌다.

◈

어둠에 휩싸이는 순간 깨달았다.

'늦었다!'

도주할 타이밍을 놓친 것이다. 이를 악 문 베아튼이 그리드를 깨웠다.

[크하하하하하─!]

그리드가 미친 듯 폭소하며 베아튼의 마나 서클에 몸을 담았다.

위이이이이잉…

대마도에 이른 그의 서클이 급속도로 회전하기 시작했
다.

'으음….'

과거에도 한 차례 경험해본 적이 있기 때문일까? 서클
과 그리드의 일체화는 빠르게 이뤄졌다.

그러면서도 제튼에 대한 경계는 늦추지 않았는데, 의외
로 제튼의 추가 공격은 이어지지 않았다.

이상하게도 상대는 그를 가만히 놓아두고만 있었다. 헌
데, 그 모습이 마치 구경이라도 하는 것 같아 기분이 팍 상
했다.

'감히!'

그 본연의 힘으로도 이미 또 다른 경지를 엿보는 중이었
다. 여기에 그리드의 정령력이 더해지면, 완전히 새로운
존재가 될 수 있었다.

'후회하게 해 주마!'

그의 두 눈이 붉게 물들고, 마지막 남은 한 자락 이성의
줄기가 끊어졌다.

"크아아아-!"

괴성과 함께 변화가 일어났다.

주름이 펴지고 백색으로 가득하던 머릿결이 검게 물들
어갔다. 또한 굽었던 허리가 반듯해지고 쪼그라들어 뼈만

남았던 체형에 살이 올라오기 시작했다.

이를 본 제튼의 두 눈이 빛을 발했다.

'환골탈태?'

초월적 존재에게 발생한다는 육체적인 변화가 일어나고 있었다.

'그런데… 저렇게 순식간에 변할 수도 있는 건가?'

환골탈태라고 하기 보다는 마법적인 바디 체인지, 폴리모프라고 불리던 고대의 잊혀진 마법을 떠올리게 만들었다.

'잊혀진… 건 아니려나.'

집 근처에 바로 그 마법을 사용하는 사람, 아니 드래곤이 살고 있기 때문에 그에게는 해당사항이 아니었다.

'끝난 건가.'

외형의 변화와 함께 소용돌이치던 베아튼의 마력이 일부 잠잠해진 것이 느껴졌다.

"크아아아-!"

순간, 비명성이라 여겨지는 괴성이 베아튼에게서 터져 나왔다.

동시에 거대한 마력폭풍이 거칠게 밀려들었다. 어찌나 강렬한 기운을 담고 있었던지, 제튼이 깔아놓은 어둠의 공간이 일부 흩어지는 현상까지 보이고 있었다.

'경지를 넘었군.'

확실히 느껴졌다. 얼핏 환골탈태로 보이던 그것이 진정으로 경지 너머로의 진입을 알리는 신호였던 모양이었다.

베아튼이 그를 향해 시선을 보내왔다. 두 눈 가득 피어나고 있는 광기가 그의 현 상태를 전해줬다.

'광기에 먹혔나.'

그리 생각하는 찰나, 베아튼이 훌쩍 신형을 내던져오는 게 보였다.

"크아아아―!"

그렇게 달려드는 와중에 짐승의 울부짖음을 내보이는데, 그 외침에 담긴 기운이 심상치가 않았다.

'피어… 같은 건가.'

벨로아와 가끔 몸 풀기를 하는데, 그럴 때마다 그가 내비치는 피어를 마주해 본 덕분인지, 그쪽으로 생각이 갔다.

잠시 상념에 빠진 사이, 거리를 좁힌 베아튼이 제튼을 향해 손을 뻗어왔다. 검붉게 물든 손톱이 유난히도 눈에 띄었다.

'어디 한 번.'

피하려던 몸짓을 멈춘 채, 마주 손을 내밀었다.

빠악!

묵직한 타격음과 함께 얼얼한 통증이 손 위로 올라왔다.

'제법.'

저릿저릿한 손바닥을 털어내며 베아튼을 확인하는데, 그의 손목이 기이한 각도로 꺾여있는 게 보였다.

"끄아아아아아악!"

이번에는 정말 비명성인 듯, 고통스런 울부짖음을 토해내고 있었다.

"마법사 치고는 제법 단단하네."

손의 아픔이 그 증거였다.

번뜩!

돌연 전방의 공간이 비틀리는가 싶더니, 한 줄기 붉은 섬광이 쏘아져왔다.

'얼씨구.'

제튼이 얼얼한 손을 재차 뻗으며 위로 쳐올렸다.

파앙!

또 다시 손바닥에 통증이 이는가 싶더니, 붉은 섬광이 구름 너머로 솟구쳐 올랐다. 뒤이어 하늘 높은 곳에서 뇌성이 몰아쳤다.

꽈르르릉…

제튼의 미간에 한 줄기 주름이 잡혔다. 방금 전, 그 붉은 섬광을 쳐내지 않았더라면?

'수도가 엉망이 될 뻔 봤잖아.'

그 정도로 대단한 위력이 담겨있었다.

"크아아!"

재차 괴성을 내지르는 베아튼의 주변으로 어마어마한 숫자의 불덩이가 피어나기 시작했다.

'쯧!'

짧게 혀를 찬 제튼이 먼저 움직였다. 저 불덩이 하나하나에 담긴 기운을 읽은 까닭이었다.

자칫 잘못하다가는 수도에 큰 난리가 날지도 모르는 상황이 돼버렸다.

"크…를?"

괴성과 함께 공격을 퍼부으려던 베아튼의 두 눈에 의문성이 떠올랐다. 갑작스레 시야 가득 어둠이 찾아왔기 때문이다.

"조용히 좀 하자."

순식간에 허공을 격하며 다가온 제튼이 그의 얼굴을 한 손으로 움켜쥔 것이다. 그 상태로 그의 두 발이 허공을 찼다.

파아앙!

마치 허공을 내달리듯, 그의 신형이 전방으로 쭈욱 쏘아져갔고, 그의 손에 붙잡힌 베아튼 역시 뒤로 주르륵 딸려갔다.

"좀 넓은데서 놀자."

그러면서 슬쩍 뒤편을 바라보니, 눈에 익은 두 사람이 보였다.

오르카 그리고 카이든!

한 차례씩 시선을 맞춰준 뒤, 다시금 베아튼에게 집중했다. 손 안에서 벗어나려는 듯 힘을 쓰고 있었으나, 제튼의 악력은 이를 허락하지 않았다. 귀찮게 한 벌도 줄 겸, 한층 억세게 움켜쥐면서 베아튼을 더욱 고통스럽게 만들어줬다.

"끄으으으…."

신음성이 괴롭게 흘러나오고 있었다.

퍼퍼퍼퍼퍼펑!

순간 등 뒤로 밀려든 묵직한 울림에 제튼의 입 꼬리가 올라갔다. 베아튼이 일으켰던 불덩이가 뒤늦게 쫓아오며 그의 등 뒤를 두드린 것이다. 알고 있었으나 그냥 무시하며 맞아줬다. 물론, 완전히 무시하려는 건 아니었다.

꽈드득!

그의 손에 더욱 큰 힘이 더해졌다. 손가락 사이로 뜨거운 물줄기가 솟구쳤다. 억센 악력에 살이 파이고 골이 꿰뚫린 것이다.

헌데, 그 핏물의 색이 특이했다.

'썩은 피 같군.'

검붉은 핏물에 잠시 시선을 주는 찰나, 손 위로 올라오는 뜨거운 열기를 느꼈다.

'쯧!'

이미 전대의 계약자인 헤룬을 통해서 한 차례 경험해 본 적이 있는 것으로써, 그리드의 탐욕이 그의 손을 오염시키고 있는 것이었다.

천마신공의 기운이라면 전혀 문제 될 게 없었으나, 불쾌한 기분에 그대로 손을 내쳤다. 그러자 베아튼의 고개가 격하게 꺾이며 뒤로 쭈욱 튕겨나갔다.

그 궤도를 따라 검붉은 핏물이 점점이 허공에 피어나는 게 보였다.

콰아아앙!

저 앞으로 보이는 산자락에 처박히며 거대한 충격파가 인근 지대를 뒤흔들었다.

슬쩍 뒤를 돌아보니 제국 수도의 모습은 눈에 보이지도 않았다. 그만큼 어마어마한 거리를 단번에 달려 온 것이다.

'이 정도면 충분하겠군.'

본격적으로 힘을 발휘해도 될 것 같았다.

스스스스…

다시금 이곳 주변으로 그의 어둠을 넓게 퍼트렸다. 이것은 일종의 '결계'였다.

어둠이 뒤덮은 장소는 온전히 그의 영역이라 할 수 있었다. 지난번처럼 그리드를 놓치지 않기 위한 안전장치였다.

전에는 어둠에 닿기 전에 이미 그리드가 본체만 내뺀 것인지, 헤룬을 처치하고 나서야 이 사실을 깨달을 수 있었다.

때문에 이번에는 아예 초반부터 어둠을 깔아놓으며 그리드의 움직임을 감시할 생각이었다. 다행스럽게도 지난번과 다르게 그리드가 아직은 도주할 생각이 없어 보였기 때문에, 여유 있게 안전장치를 퍼트릴 수 있었다.

'계약자의 차이 때문이려나.'

본신의 능력은 마스터에 못 미치던 헤룬과 달리, 베아튼은 이미 대마도사에 오른 존재였고, 언뜻 그 너머도 엿보고 있는 경지 같았다.

'그런 차이가 그리드를 좀 더 당당하게 만들어주는 것이려나.'

이 부분은 그저 개인적인 추측일 뿐이었다.

"크으으… 브라─만!"

문득, 저 앞에서 그를 부르는 소리가 들렸다. 그 외침에 제튼이 눈을 반짝였다.

'확실히, 앞전과는 다르군.'

완전히 이지를 상실했던 헤룬과 달리, 베아튼은 대마도에 이른 정신력 때문인지, 그를 인식하고 입에 담을 정도의 인지력이 있는 모양이었다.

"브라─만!"

"시끄럽게 구네."

고개를 흔든 제튼이 한 차례 주먹을 움켜쥐며 전방으로 비틀어 뻗었다.

백보신권(百步神拳)!

천마 세상에 존재하는 무공 중 하나로써, 천마와는 반대되는 집단의 무공이기에, 굳이 몸에 익혀놨던 기술이었다.

콰아앙!

순간 저 멀리 베아튼이 추락한 산자락이 폭발하며 흙먼지가 비산했다.

'피했나.'

날랜 움직임으로 몸을 빼낸 베아튼이 그에게로 달려오며 외쳤다.

"헬 파이어!"

그와 함께 피어나는 거대한 불덩이가 보였다. 제튼이 짧게 고개를 끄덕였다.

'정말로 8서클에 올라섰군.'

벨로아를 통해서 몇 차례 구경한 적이 있는 마법이었다. 저 마법이 진짜인지 거짓인지는 한 눈에 파악할 수 있었다.

'그래도… 조금은 부족한가.'

확실히 무시무시한 열기가 느껴지는 불덩이였으나, 벨로아의 마법과 비교하니 확연한 차이가 느껴졌다.

"죽엇-!"

거대한 불덩이가 믿기지 않는 속도로 그를 향해 날아들었다.

잠시 고민을 하는가 싶던 제튼이 검지와 중지를 세우며 검결지를 만들었다. 그리고 이어지는 무수히 많은 검격.

순간, 제튼의 전방으로 검광으로 이뤄진 벽이 생성됐고, 뒤이어 헬 파이어가 그 벽을 두드렸다.

파스스스스스…

그리고 마치 거짓말처럼 사라져버리는 불의 정화!

"……."

이 순간만큼은 그리드의 광기마저도 넋을 놓은 듯, 베아튼의 신형이 제자리에서 움직일 줄을 몰랐다.

그런 그를 향해 제튼이 물었다.

"벌써 끝이야?"

그제야 정신을 차린 듯, 베아튼이 이를 악물며 제튼을 바라봤다.

그리드의 광기에 몸을 허락 했다.

하지만 현재 그는 이성이 남아 있었다.

몇 차례 경험한 상황인데다가, 짧게나마 시간이 흘러 적응을 한 덕분일까? 아니면 제튼이 두개골을 통해 뇌리에 직접 넣어준 충격 때문일까? 그도 아니라면 대마도에 이른 정신력이 발휘된 것일까?

정확한 이유는 아직 모르겠으나, 어쨌든 현재 그는 한 가닥 이성의 끈이 연결되어 있는 상태였다.

하지만 방금 전 눈에 담은 충격적 장면으로 인해, 다시금 이성이 날아가 버릴 것만 같았다.

하지만 애써 잡은 이성의 끈을 놓을 수는 없었다. 애써 이성을 붙든 채 빠르게 마법을 캐스팅했다.

그러면서도 몸은 바삐 전방으로 움직이며 내달렸다. 그리드의 정령력과 헤이스트의 조합으로 순식간에 제튼과의 거리를 좁힌 그가 매섭게 주먹을 휘둘렀다.

'대담하군.'

마법사 중에서도 대마도사라 불리는 이가 먼저 근접전투를 걸어왔다. 피할 생각이 들지 않았다.

제튼이 검결지를 풀며 주먹을 위로 쳐냈다.

'조금 귀찮기는 하겠네.'

검게 물든 베아튼의 주먹에서 그리드의 탐욕을 느꼈다. 마주하면 또 괴상한 기운이 파고들어 올 것이기에, 일부러 쳐낸 것이다.

그러자 자연스레 열린 가슴이 보였다. 이에 슬쩍 몸을 내밀며 팔꿈치를 전방으로 뻗었다. 양 가슴 사이의 명치라고 불리는 부분에 정확히 팔꿈치가 박혀들었다.

뿌득!

느낌이 왔다. 제대로 꽂힌 것이다.

"꺼…억…."

베아튼이 숨넘어가는 소리를 뱉어내며 튕겨져 나가는 게 보였다. 하지만 제튼은 추격을 하지 않았다. 그에게로 날아드는 은밀한 암격을 느낀 탓이었다.

그의 손이 허공을 격하며 빠르게 오러를 쏟아냈다.

퍼퍼퍼펑!

암격과 오러가 마주치며 폭발성이 터져 나왔다.

'젠…장!'

베아튼은 자신이 은밀하게 날린 마력 화살이 전부 막히는 걸 보며 이를 갈았다.

현재, 그의 상태는 실로 기이하다 할 수 있었다.

그것은 육신과 정신이 따로 움직이고 있다는 부분 때문이었는데, 이는 어렴풋이 연결된 한 자락 이성으로 인한 상황이었다.

한 줌의 이성으로 마법을 유지하고, 나머지는 전부 그리드에게 맡긴 것이다.

육신은 그리드에게 정신은 그가.

외적으로 보자면 제튼과 베아튼의 1대 1 전투였으나, 그 내면적인 부분으로 들어가면 그리드와 베아튼이 제튼을 상대하는 2대 1의 모양새가 되어 있었다.

앞서 제튼에게 덤벼든 건 그리드의 의지였다.

베아튼은 이를 지켜보다 은밀하게 마법을 시전했는데,

그 순간 제튼의 팔꿈치가 박혀들며 튕겨 나온 것이다. 그러면서 마법 화살도 제 위력을 발휘하지 못했다.

뿌득…빠득…

박살난 갈비뼈가 빠르게 회복되는 게 느껴졌다. 그리드가 강제적으로 치유력을 높이며, 육신의 망가진 부분을 바로잡고 있는 것이다.

뿐만 아니라 골수에 정령력을 불어 넣어 내적인 강화까지 함께 이뤄내고 있는 상황이었다.

얼핏 느껴지는 강도를 보자면, 앞서의 공격 정도는 버텨낼 수 있을 것 같았다. 고개를 끄덕인 그가 그리드에게 의념을 보냈다.

'좋다. 육신은 네게 맡기마.'

그리드가 근접전을 유도하고 그가 마법으로 지원을 하는 것. 그야말로 전형적인 마법사와 기사의 조합이었다.

우연히 이뤄진 정신과 육신의 분리였다.

덕분에 가장 기본적이면서도 가장 탄탄한 조합이라 불리는 전투형태가 한 개인의 육신에 깃든 것이다.

'맘에 드는군.'

왠지 지금 이 상태가 그의 가장 이상적인 전투형태가 아닐까 싶었다.

'하지만…'

그럼에도 불구하고 눈앞의 강자는 이길 자신이 생기질

않았다.

"크아아아!"

그의 생각과 다르다는 듯, 그리드가 짐승처럼 울부짖으며 신형을 내던졌다. 다시금 전투가 시작됐고, 그리드가 베아튼과 같은 감정을 느끼는 건 그리 오랜 시간이 필요하지 않았다.

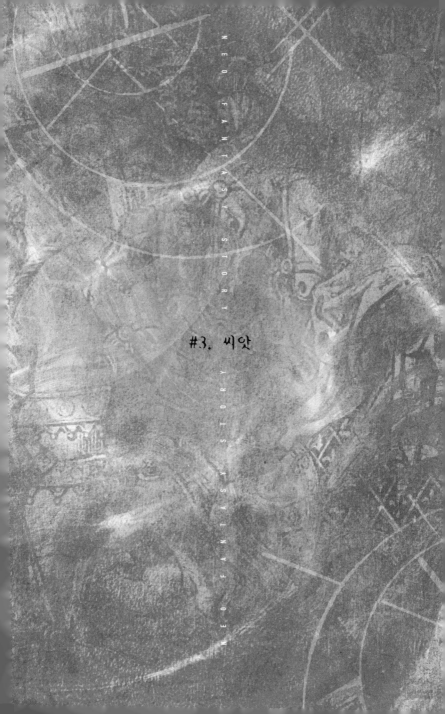

#3. 씨앗

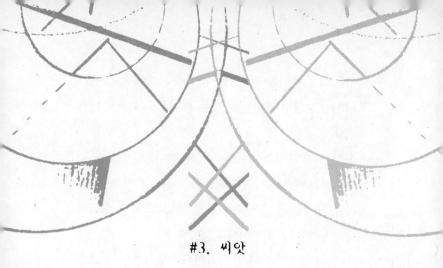

#3. 씨앗

가슴이 답답했다.

"허억… 허억…."

진정되지 않아 거친 숨소리가 연신 입 주변을 맴돌았다.

탐욕의 광기가 가라앉는 것을 느끼며, 베아튼은 어느새 몸의 주도권이 자신에게도 돌아왔음을 느꼈다.

'괴물….'

눈앞에 서 있는 존재에게 새삼 경외감이 들었다.

'브라만 대공!'

그가 생각하기에, 그리드와의 합공은 완벽했다.

몸을 사리지 않는 저돌적인 돌격과 적절한 마법지원.

이 모든 게 하나의 육신에서 시작된 것이라고는 하나,

오히려 그렇기 때문에 그 연계가 한층 완벽했다고 여겼다.

하지만 눈앞의 사내는 이 모든 걸 너무도 수월히 이겨내 버렸다.

특히, 탐욕의 광기를 대응하는 모습이 실로 놀라웠다.

그리드와 몸을 부딪치면 마주한 부분을 통해 탐욕의 광기가 넘어가는데, 그 광기는 흔적만으로도 몸이 경직되고 기운이 뒤틀리는 그런 위험한 것이었다.

'…흔적 정도가 아니라, 광기의 정수였건만!'

상대는 이를 마주하고도 별다른 이상증세를 보이질 않았다.

마치, 아무 일 없다는 듯이 너무도 여유롭게 광기의 정수를 털어내던 모습은 그야말로 충격이었다.

그리드에게도 경악스러운 장면이었던지 일순간 그 광기의 불꽃이 흔들렸을 정도였다.

스스로의 이런 불안감을 들키기 싫었던 것일까? 이후, 그리드는 더욱 맹렬하게 몸을 부딪쳐가며 공격을 감행했다.

이에 맞춰 베아튼 역시 마법을 현란하게 구사해갔는데, 그 중에는 보조마법 격인 헤이스트나 스트랭스 같은, 육체적인 능력을 극대화시키는 마법 역시도 포함되어 있었다.

상대의 동작을 통제하는 저주계열의 마법 역시 최대치

로 걸어가며, 다방면으로 보조적인 지원을 했다.

그로 인해 그리드는 한층 강하고 저돌적인 맹공을 퍼부을 수 있었는데, 베아튼 역시 그 덕분에 더욱 다양한 마법들을 구사하는 여유를 얻을 수 있었다. 일말의 희망이 피어나는 순간이기도 했다.

그렇게 차 반잔 마실 정도의 시간이 흘렀을까?

짙은 절망감이 그들을 엄습해왔다.

'괴물… 괴물!'

한껏 지쳐버린 그들과 달리, 여전한 모습으로 싸늘한 눈빛만 던져오는 게 보였다.

"허억… 허억…."

숨을 고르고 있으니, 툭 한마디를 내뱉는다.

"끝이냐?"

아니다. 아직 더 남았다. 이렇게 외쳐주고 싶었으나, 급속도로 전력을 쏟아 부은 까닭일까? 지금 당장 휴식이 필요했다.

그리드가 육신의 지배력을 잃어버릴 정도였으니, 더 말해서 무엇 하겠는가.

"간지럽군."

그 한마디와 함께 주먹이 뻗어 나왔다.

쫘르르릉!

천둥이 치는가?

정신이 아득해지는 충격과 함께 시야가 어두워졌다. 다시 시야에 빛이 들어온 뒤, 그리드와의 연결을 통해서 찰나간의 경험을 알게 되었다.

'기절… 했었나.'

단 일격에 정신이 날아가 버린 것이다. 다행히도 그리드가 깨어있어서 즉각 눈을 뜰 수 있었다.

그도 그럴게,

[크아아아아아-!]

미친 듯 울부짖는 그리드의 절규가 연신 머리를 두드려대는 탓에, 오랜 시간 정신을 잃고 있기도 어려웠다.

'어째서?'

의문을 가지기가 무섭게 전신에서 밀려드는 아찔한 통증에 재차 정신이 날아갈 뻔 봤다.

'이게… 대체?'

몸을 움직이기가 어려웠다. 뭐가 어떻게 된 것일까? 힘겹게 고개를 들고 주변을 돌아봤다.

'맙소사!'

마치 전설 속 운석소환 마법이라도 실현된 것일까? 아니면 그 찰나 간에 이동이라도 한 것일까? 주변 일대의 지형이 바뀌어있었다.

그 정도로 어마어마한 일격을 몸으로 감당해 낸 것이다.

여덟 번째 서클을 이른 육신과 마력 그리고 탐욕의 광기로 보호되는 육신이건만, 이 정도의 일격을 견뎌내는 건 무리가 있던 모양이었다.

'붕괴… 되는가.'

이제야 그리드의 비명성을 이해할 수 있었다. 육체가 무너지고, 서클이 부서져가고 있던 것이다.

다가올 미래가 예견됐다.

'이렇게 끝이라니.'

죽음 그리고 소멸!

그들의 운명이었다. 이를 부정하려는 그리드의 몸부림이 느껴졌으나, 안타깝게도 탐욕의 기운으로도 육신의 붕괴는 막아지질 않았다.

"허…."

왠지 모를 허무함이 육신을 휘감았다.

"대공."

그를 불렀다.

"대공… 곁에 있소?"

이제는 고개를 들 힘조차 없기에 그를 찾기가 어려웠다. 눈동자만 굴려가며 그를 찾았으나, 아직 시야에 잡히질 않았다.

"쿨럭!"

순간 튀어나온 핏물이 내부의 본격적인 붕괴를 알려줬다.

"대공, 대공⋯."

재차 그를 불렀다.

"시끄럽군."

시야 한편에 얼룩이 지듯 그늘이 지더니, 그가 모습을 드러냈다. 헌데, 그 모습에 온전치가 않았다. 흐릿한 것이 시각적인 부분에도 이상현상이 찾아온 모양이었다.

주변에 깔린 어둠 때문이라고는 하나, 그의 경지를 생각한다면 이렇게까지 흐릴 수는 없었다.

'빠르군.'

그의 육신은 너무도 급격히 붕괴되어가고 있었다.

'하긴, 당연한 건가.'

대마도의 영역을 넘어섰다고는 하나, 그것은 부정한 힘을 통한 것이었다. 게다가 그의 육신은 이미 오래전에 끝을 맞이했어야 옳았다.

그리드의 힘으로 지금껏 거짓된 삶을 연명해온 것이다. 이에 대한 반작용인 듯, 빠른 속도로 육신이 무너지고 있는 것 같았다.

"나는⋯ 정말 죽는 모양이구려."

젊어졌던 음성도 어느새 녹슬어 갈라지고 있었다.

"그래. 죽는다."

그 말에 실소가 나왔다.

'일말의 가능성은 있을 줄 알았건만.'

그도 그렇게 무려, 여덟 번째 서클이었다. 전설의 영역
에 발을 들인 것이다. 그럼에도 불구하고 부족했다.

'대공은… 정말 하늘 밖의 존재였군.'

탐욕의 광기에 먹혀버렸다고는 하나, 그 강렬함만큼은
세상을 발아래 둘 정도라고 여겼다.

하지만 상대는 그마저도 아득히 넘어서는 절대자였다.

"그대의 강함은 마치 전설 속 드래곤을 생각나게 하는
구려."

반쯤 진담이 섞인 농을 던졌다.

"뭐, 그 정도는 되더라."

헌데, 그 대답이 또 가관이었다.

"허… 마치, 만나 본 것 같소?"

질문을 하면서도 혹시나 하는 마음이 있었다.

"붙어도 봤다."

어찌나 놀랐던지, 숨이 턱 넘어갈 뻔 봤다.

"어… 어찌… 어찌 되었소. 아니, 아니. 그들, 그들이 아
직 존재하고 있던 것이오?"

당장 숨이 넘어갈 것 같았으나, 어디서 그런 기력이 나
온 것인지 질문을 던지는 음성에서 일말의 생기가 느껴졌
다.

분위기를 잡던 제튼의 입가에 희미한 미소가 떴다.

'마법사인가.'

고개를 흔든 그가 입을 열었다.

"눈에 보이는 게 전부가 아니다."

그 한마디면 충분했다.

'…유희!'

고대로부터 드래곤은 유희라는 방식으로 세상을 돌아봤다고 알려져 있었다.

"쿨럭… 그들은, 마법은, 어떻소? 마법, 9서클의 마법은 어떻던가?"

묻고 싶은 건 많은데, 당장 무엇을 어찌 물어야 할지 알수가 없어서, 가장 우선적으로 생각나는 걸 입에 올렸다. 정신이 혼미해져 오는지, 더 이상 존대도 아니었다.

"아프긴 하더군."

"…쿨럭……."

'젠장!'

묻고 싶은 게 너무나도 많건만,

'아아… 시간이……'

그리드의 절규가 들리지 않았다. 그와 동시에 육신이 녹아내리는 걸 느꼈다. 이젠 정말 시간이 없었다.

"나는… 어땠……."

질문을 채 끝내지 못한 채, 그의 숨이 멎었다. 동시에 거짓말처럼 육신이 흩어지며 그대로 자취를 감췄다.

그리고 그 순간 제튼의 얼굴에서 가면이 벗겨졌다.

"훌륭했소. 잘 가시오."

이내 사방에 깔려던 어둠이 그에게로 회수되었다.

"후우…"

깊은 한숨이 흘러나왔다.

"쉽지가 않네."

겉보기에는 가볍게 이긴 것 같았으나, 보이던 것과 달리 제법 힘겨운 승부였다.

특히, 그리드와 마주할 때마다 넘어오는 광기의 정수는 상당히 자극적이어서, 매번 그의 감각을 더디게 만들었다.

이런 부분을 들키지 않기 위해 일부러 표정을 감춘 채, 태연함을 가장하며 최대한 자연스럽게 행동했다.

이러한 태도만으로도 충분한 압박이 될 것임을 알기 때문이었다.

게다가 베아튼의 마법 역시도 시기적절했다.

'뭐, 좀 더 일찍 끝내려면 끝낼 수 있었지만.'

제튼의 시선이 슬쩍 한쪽으로 돌아갔다.

저 멀리, 두 개의 그림자가 보였다. 오르카와 카이든이 었는데, 그 중 카이든을 위해서 최대한 손속에 자비를 둔 것이었다.

'슬슬, 마무리를 지어야겠지.'

시선이 다른 방향으로 돌아갔다. 그러자 주먹만한 크기

의 검은 덩어리가 시야에 잡혔다. 그의 바로 옆에 둥둥 떠
있었는데, 그 안에 담긴 기운이 제법 익숙했다.

바로 조금 전까지 그의 내부에 노크하던 기운이었다.

그리드!

"그래. 도망갈 줄 알았다."

그렇잖아도 급속도로 붕괴해가던 베아튼이 한순간에 녹
아내리던 그 시점에, 그리드는 이미 베아튼을 벗어나고 있
었다.

상당부분 섞여버린 상태라 베아튼에게서 떨어져 나오는
게 쉽지는 않았으나, 죽음에 이르는 순간이기에 일말의 기
회가 생긴 것이다. 그 순간을 놓치지 않았다.

헤룬에게서 떨어져 나오던 당시보다 더욱 커다란 손실
을 입어야만 했으나, 당장 소멸의 위험에서는 벗어난 것이
다.

그러나 당시와 다른 게 있었다.

"두 번은 안 놓친다."

안타깝게도 눈앞의 존재는 이미 이런 상황을 예측하고
있었건 것이다.

검은 기류에 휩싸인 그리드는 몸부림치며 절규하고 발
악했다. 하지만 벗어날 수가 없었다. 베아튼과 분리되며
그 기운을 전부 내버리고 온 상황이기 때문이다.

지난 번 헤룬을 버리고 도주하던 당시보다 더욱 상태가

안 좋았다.

문득, 제튼이 오른손을 뻗어 검은 기류를 잡았다.

"이제 그만 끝내자."

그렇게 말을 하더니 손 안 가득 힘을 넣는다.

꽈득!

자그마한 파열음과 함께 검은 기류가 소멸했다.

◆

엄청나다고 해야 할까?

전투 내내 제튼이 보여주던 모습은 그야말로 경이롭기까지 할 정도였다.

이미 그와의 격차를 알고 있는 오르카였으나, 새삼 그 차이를 실감하며 전율해야만 했다. 그도 그렇게 제튼의 상대가 그녀보다 못해 보이질 않았던 까닭이었다.

특히, 근접전투와 더불어 현란할 정도의 마법까지 발휘하던 모습에서는 제튼의 상대에게도 적잖게 경악해야만 했다.

'마검사?'

근접전투에서 비치는 모습이 제법 투박했지만, 충분히 마검사라 부르기에 부족함이 없어 보였다.

그럼에도 불구하고 제튼은 여유롭게 상대를 무너트렸다.

특히, 그 마지막 일격이 뻗어졌을 때는 저절로 탄성이 흘러 나왔을 정도였다.

동시에 두 주먹이 불끈 쥐어졌다.

'언젠가는!'

-도달하고야 말리라.

목표를 눈앞에 두고 있으려니, 저절로 힘이 들어갔다.

의지를 불태우는 오르카의 곁으로, 또 한 사람이 두 눈 을 반짝이며 열기를 피워내고 있었다.

카이든!

눈앞에 펼쳐진 전투는 그야말로 신세계가 따로 없었 다.

'대단해!'

특히, 제튼이 보여주는 모습은 말 그대로 감동의 연속이 었다.

이름 없는 연공법!

그가 배우고 익힌 연공법의 극의가 눈앞에서 펼쳐지고 있었다. 한시도 눈을 뗄 틈이 없었다. 주시하고 또 주시하 며 집중력을 극한까지 끌어올렸다.

한 동작 한 동작 놓치지 않으려 집중하고 또 집중했다.

경계 너머의 존재들이 펼치는 전투!

사실, 카이든이 이를 제대로 인지하는 건 쉬운 일이 아

니었다. 마스터에 이른 안력을 지녔다고는 하나, 제튼과
베아튼의 위치는 그 영역마저 넘어서는 곳에 있기 때문이
었다.

그럼에도 불구하고 전투가 눈에 들어왔다.

'아빠!'

제튼이었다. 그가 손을 쓴 것이다. 좀 더 정확히는 그가
의도적으로 전투의 흐름을 제어했다고 볼 수 있었다.

탐욕의 기운에 늦춰진 박자를 오히려 더욱 더디게 이끌
며 카이든의 교재로 삼은 것이다. 그리고 카이든은 훌륭
히 이를 눈에 담고 머리로 기억하며 가슴으로 받아들였
다.

아마도 오늘 이 전투를 본 것으로 인해, 작은 도약의 발
판 정도는 마련할 수 있을 터였다.

특히, 마지막 순간에 펼쳐진 일격.

'저거야말로 내가 배운 연공법의 진수다!'

대번에 알 수 있었다.

양 주먹에 힘이 불끈 들어갔다.

'저기다!'

그가 가야할 방향을 알게 되었다.

목표를 잡았다.

묵직한 긴장감에 전신 가득 힘이 뻗고 있었다.

팟. 파팟. 파바바밧.

다시금 마법등이 활성화되며 어둠에 휩싸였던 동문 지역 일대에 불이 들어오기 시작했다.

머리 위에 재차 빛 무리가 어리는 걸 본 메리가 슬쩍 케빈에게로 시선을 던지며 물었다.

"아빠는… 괜찮겠지?"

"그래."

짧지만 확신 가득한 케빈의 대답에도 불구하고 메리의 표정에는 일말의 불안감이 어려 있었다. 그 모습에 살짝 실소가 나올 뻔 봤다.

마스터에 오른 지금, 그는 제튼이 얼마나 대단한 존재인지 잘 알게 되었다. 모를 수가 없었다. 그도 그렇게 대륙의 별이라고 불리는 위치에 올랐건만, 여전히 부친의 능력은 가늠이 되질 않았다. 그야말로 충격적이라 할 수 있었다.

익스퍼트 상급.

루마니언 지방에서는 부친의 수준을 그렇게 평가하고 있었다. 확실히, 워낙 외진 지방이다 보니 그 정도만 되도 충분히 루마니언의 최강의 검이라고 불릴 수 있을 터였다.

하지만 제튼은 알려진 게 전부가 아니었다. 마스터에 오르고 나서야 확신할 수 있었다.

'전설… 그랜드 마스터!'

아마도, 어쩌면, 아니 분명히 그럴 것이라고 믿었다.

하지만 제튼 스스로 이런 사실을 알려준 것이 아니기에, 케빈 역시도 굳이 입 밖에 내어 말하지는 않았다.

메리도 제튼이 알려진 것 이상으로 뛰어난 실력자라는 걸 알고는 있었으나, 익스퍼트 최상급 정도까지가 메리가 생각하고 있는 전부일 터였다.

루마니언 지방 최강의 검사.

아마 그 기준에서 크게 벗어나지 않았을 것이다. 상황이 이렇다 보니 메리가 걱정스런 얼굴을 하는 건 당연했다.

여동생의 얼굴에 깔린 불안감이 짙어질 것 같아, 케빈이 한마디를 더해주려는 찰나였다.

"걱정 마렴. 네 아빠는 생각보다 대단한 사람이니까."

셀린이 한 발 먼저 움직였다. 그 말과 함께 메리의 손을 꼬옥 잡는다.

"…그렇겠죠."

케빈이 말할 때와 달리, 한층 빠르게 불안감이 사라지는 메리의 모습에 슬쩍 쓴웃음이 나왔다. 새삼 '어머니'라는 존재의 대단함을 느꼈다고나 할까?

친 혈육지간은 아니었으나, 그 못지않게 정을 나눈 사이였다. 오랜 시간 그렇게 마음을 소통해 왔기 때문일까?

이제는 누가 봐도 '친' 모녀지간이라고 할 수 있는 깊은 애정관계가 형성되어 있던 것이다.

잠시 셀린과 메리를 바라보던 케빈이 시선을 돌려 제튼이 떠난 방향을 바라봤다.

'아버지…'

전설적 경지에 이르렀다고 여기고 있었지만, 아무래도 걱정되는 마음이 전혀 없지는 않았던지, 케빈 역시도 조금은 불안한 기색이 눈동자에 머물러 있었다.

◈

전투가 끝났다.

다시 수도로 돌아가야 할 때였는데, 쉬이 발을 떼기가 어려웠다.

카이든!

조금은 갑작스럽다 할 수 있는 만남이 그의 발목을 잡아챈 까닭이었다. 그도 그럴게 카이든은 아직 그의 결혼 사실을 모르기 때문이었다.

자칫 의도치 않은 상황에서 준비되지 않은 만남을 가지게 하고 싶지는 않았다.

'아직은…'

언제고 말해줘야 할 때가 올 거라는 건 알고 있었다. 하지만 그게 지금은 아니었다.

이제 겨우 열두 살.

겉으로 보이는 것과 달리, 카이든 아직 한참 커나가야
할 어린 소년이었다. 적어도 성인식을 치를 때까지는 기다
리고 싶었다.

언제 이야기를 할 거냐면서, 만날 때마다 재촉하듯 물어
오는 오르카를 생각하자면, 너무 늦은 것도 좋지는 않을
것 같았다.

'그래도 열다섯은 돼야지.'

과거에는 그 나이에 성인식을 치렀기 때문이다. 딱, 거
기까지가 제튼이 할 수 있는 타협점이었다.

'백룡의 기운을 품고 있다고는 하지만, 그래도 조심하
는 게 좋겠지.'

너무 큰 충격에 백룡이 마룡이 되는 걸 보고 싶지는 않
았다. 좀 더 가치관이 확립되고 머리가 굵어지기를 기다릴
생각이었다.

이러한 사정 때문에 선뜻 먼저 다가가지 못한 채, 전투
현장을 지키고만 있으니, 결국 오르카와 카이든이 그를 향
해 다가왔다.

다가오는 중간, 오르카와 그의 짧은 대화가 이어졌다.

[애를 데려오면 어쩌자는 거야?]

과거, 천마를 연기하던 당시의 딱딱한 모습과 달리, 조

금은 편안한 어투로 질문이 흘러나왔다. 이 역시 8년이라는 시간 동안 이뤄진 변화 중 하나였다.

[미안.]

짧은 한마디.

카이든만 아니었다면 표정으로 욕을 해 줬을 것이다.

[나도 정신없이 쫓아오느라고. 아…하핫!]

사실, 오르카도 제튼을 뒤따르느라 정신이 없었다. 그만큼 제튼의 이동속도는 압도적이었기 때문이다. 게다가 베아튼의 괴이한 기운에 그쪽으로 신경이 집중되다 보니, 카이든을 잠시 잊어버리기도 했다.

뒤늦게 카이든의 존재를 알아챘는데, 놀랍게도 카이든 역시 그 어마어마한 속도를 따라오고 있던 것이다.

'상당히 힘겨워 보이기는 했지만.'

그래도 그녀의 시야범위 내에 항상 존재했다. 놀랍다면 놀라운 일이었다.

'역시… 그 특이한 연공법의 힘이려나?'

물론, 천마신공의 대단함도 있기는 했다. 하지만 그게 전부인 건 아니었다.

오래 전, 따로 제튼이 달리는 법이라며 경공술을 가르쳐 주기도 했는데, 천마의 세상에서도 한손에 꼽히는 최고의 것을 전수한 상태였다.

만에 하나의 사태를 대비해 언제든 도주로를 열 수 있기를 바라는 마음에서 가르친 것인데, 하필이면 그게 이번 상황에 제대로 사용된 모양이었다.

'후우….'

애써 한숨을 삼킨 제튼이 카이든에게로 시선을 돌렸다. 어느새 그의 앞에 도착한 아들이 활짝 웃으며 다가오고 있었다.

"아빠!"

참 신기한 일이었다. 열두 살이라고 하나, 누가 봐도 3~4살은 더 쳐줄 수 있는 게 아들의 외형이었다. 헌데, 이상하게도 제튼의 눈에는 열두 살 그 또래의 아이들처럼 어리게만 보였다.

참 재미있는 일이었다.

잠시 표정을 굳히고 있던 제튼의 입가에도 한 줄기 부드러운 미소가 밀려들었다.

슬쩍 팔을 벌려서 맞이할 준비를 하는데, 그래도 제법 머리가 큰 모양인지 바로 코앞에서 신형을 멈춰 세우는 게 아닌가. 감동적인 부자상봉의 포옹은 없었다.

살짝 아쉬운 마음이 들었으나 이번이 처음 겪는 일은 아니었다. 이미 지난해부터 격렬한 포옹은 사라져버린 까닭이었다.

'이래서 애교는 아들보다 딸이라고 하는 건가.'

아쉬움을 뒤로 한 채 말문을 열었다.

137

"잘 지냈지?"

"어. 그런데 아빠는 갑자기 웬일이야?"

"뭐… 잠깐, 볼 일이 있어서 왔지. 그보다 나한테 할 이야기 없니?"

"이야기…라니?"

의아해하는 카이든의 모습에 제튼이 한마디를 툭 던졌다.

"아카데미."

그거면 충분했다.

"어떻게 알았어?"

"들었지."

그 말과 함께 오르카를 향해 시선을 보냈다. 사실, 직접 본 것이었으나, 상황이 상황인 만큼 그녀를 끌어들이는 게 가장 편하다는 결론을 내린 것이다.

오르카의 얼굴이 살짝 구겨졌으나, 카이든이 돌아보는 모습에 급히 표정을 수습해야만 했다.

한 차례 오르카를 돌아본 카이든이 고개를 끄덕이며 말했다.

"그런데 조금 전, 그건 뭐야?"

무엇을 말하는 것일까?

"그 검은 안개 같은 거."

그리드의 도주를 방지하고자 넓게 깔아놨던 어둠을 이

야기하는 것 같았다.

천마재림(天魔再臨)!

잠시 고민이 이어졌으나, 제튼이 해 줄 이야기는 사실하나밖에 없었다.

"가르쳐 준 연공법이나 제대로 익히셔."

불만스런 듯 입술을 삐죽 내미는 모습이 보였으나, 제튼은 가볍게 실소하며 무시해 버렸다.

'천마신공이면 충분하지.'

저쪽 세상의 흔적을 굳이 남기고 싶지는 않았다.

경신의 공부를 전한 건, 카이든의 키가 그의 허리도 못넘기던 무렵의 일로써, 한창 어린 황자의 안위를 위해 전수한 일종의 방비책이었다.

"배우고 싶은데…."

카이든의 중얼거림에 제튼이 쓰게 웃으며 고개를 흔들었다.

'결국 배우게 될 거다.'

굳이 제튼이 가르치지 않아도 익히게 될 터였다.

'눈으로 봐 버렸으니.'

천마군림보? 천마재림? 천마라는 단어가 함께 들어가는다양한 공부들이 존재했는데, 그 이름에서도 알 수 있듯이, 결국 천마신공을 익히면 얼마든지 행할 수 있는 것들이었다.

물론 대략적인 방식 정도는 알아야 할 터였으나, 오늘처럼 제튼이 행하는 걸 눈으로 본 이상, 언제고 천마신공이 경지에 오르면 그 의지에 따라서 자연스레 발휘 될 터였다.

그 자체로 완벽한 신공!

'천마신공은 그런 거니까.'

오래 전, 입산 생활 중 천마가 직접 해 준 이야기였다.

〈주먹을 휘두르고 발재간 좀 부리면 권각술이고, 검 들고 칼부림 몇 번 하면 검술이고, 창을 들면 휘적대면 창술이고, 뭐, 방패 들고 쿵짝대면 방패술인거지. 그냥 그 자체로 완벽하니까 뭘 가져다 붙여도 완벽해지는 거다.〉

그리고 이 부분은 제튼 역시도 동의하는 바였다.

〈천마군림보? 그거 그냥 힘 좀 줘서 걷는 거야. 하도 밑에 애들이 시끄럽게 굴어서, 좀 그럴싸하게 정립해서 따로 분류해 놓은 거지.〉

덕분에 굳이 천마신공이 아니더라도 흉내 정도는 낼 수 있는 하나의 무공으로 완성될 수 있었다.

〈천마재림? 적당히 기운 좀 깔아놓은 거야.〉

쓸데없이 왜 그런 거냐고 묻자, 그 대답이 가관이었다.

〈뽀대나잖아.〉

그 말에 한동안 웃음을 그칠 수가 없었다.

웃겨서?

'하도 어이가 없어서.'

천마군림보? 천마재림? 나름의 체계를 갖춰, 좀 더 효율적으로 기운을 부릴 수 있게 만들었다고는 하나, 결국 천마신공이 있었기에 존재할 수 있는 곁가지며, 잡기술 같은 거였다.

때문에 카이든에게 해 줄 말은 하나밖에 없었다.

"가르쳐준 거나 열심히 해라."

천마신공에서 파생된 다양한 공부들에게는 부족할지 모르겠으나, 그가 정립한 검술이나 체술 역시도 상당히 뛰어나다고 자부했다.

제튼은 이런 그의 개인적인 공부들을 틈틈이 전수해왔었다. 나름대로 천마의 인정을 받은 것이기도 했다.

〈쓸만하네.〉

천마가 그의 검술에 내린 평가로써, 그에게 이 정도 표현을 듣는다는 건 일반적인 감탄사의 수준과 같다고 볼 수 있었다.

그런 이유로, 그가 가르친 것들이 결코 부족할 거라는 느낌은 들지 않았다.

"그럼 그거라도 알려줘."

카이든의 이야기에 제튼의 의문을 표했다.

"그거?"

"마지막에 주먹질."

"아… 그거."

141

제튼이 쓰게 웃었다. 역시나 해 줄 말은 하나뿐이었다.

"연공법이나 제대로 하셔."

천마신공을 통한 평범한 찌르기였다. 그럼에도 불구하고 그 여파는 백보신권이라는 절대의 무공을 압도하는 괴력을 낳았다.

'정말… 무시무시한 연공법이지.'

아주 오래 전, 천마세상에서도 마신이라고 불리던 존재가 남긴 공부라고 했다.

'마신이 되는 연공법.'

못 해도 마왕 정도는 탄생하는 게 아니겠는가.

하지만 이게 또 재미있는 게, '신' 공이기도 한 탓에 마신이 아닌 천신이 될 수도 있다는 것이 반전이었다.

문득, 불퉁한 표정의 카이든이 눈에 들어왔다. 그럴 만도 했다. 가르쳐 달라는 물음에 매번 같은 대답만 나오고 있으니, 어찌 화가 안 나겠는가.

하지만 정말 안타깝게도, 제튼은 더 이상 가르쳐 줄 게 없었다.

'내 밑천은 이미 한참 전에 다 털렸으니까.'

안타깝게도 제튼이 알고 있는 배움의 대부분은 천마세상의 것들뿐이었다. 그나마 이쪽 세상의 공부는 대부분이 삼류라 불리는 기본적인 것들로써, 수준 높은 공부들에 관해서는 안타깝게도 배움의 수준이 짧았다.

'그런 의미에서… 스승을 제대로 모셨지.'

오르카의 가문이 지닌 공부의 수준은 그야말로 대단했다. 제튼처럼 삼류, 기본, 기초 검술에 정통한 게 아닌, 말 그대로 수준급의 공부에 통달해 있었다.

'그나저나… 의도가 빗나가 버렸네.'

이번 전투를 교재로 삼아서 보여주려 했던 건 다른 게 아니었다.

'경지를 넘은 천마신공의 모습을 보여주고 싶었던 것뿐인데, 조금… 상황이 이상해진 것 같네. 쯧!'

고개를 흔든 제튼이 카이든의 이마에 딱밤을 한 대 먹이며 말했다.

"엄마는 알고 있는 거지?"

뜬금없는 질문이었으나 카이든은 그가 뭘 말하고자 하는지 알고 있었다. 그 때문일까? 말문이 턱 막혀버렸다. 그 모습에 제튼은 대충 상황을 짐작할 수 있었다.

"엄마 허락도 없이 아카데미를 들어 간 거냐?"

"…예."

아이의 대답에 제튼의 시선이 오르카에게로 향했다. 그녀가 억울하다는 얼굴로 눈을 맞춰왔다.

"나한테도 선 조치, 후 보고였어.

결국, 저지르고 봤다는 뜻이다. 제튼이 고개를 흔들며 카이든에게로 시선을 돌렸다.

"엄마에게는 언제까지 비밀로 할 생각이냐?"

"⋯⋯."

대답이 없었다.

'말 할 생각이 없군.'

들키기 전에는 결코 먼저 입에 올리지 않을 터였다.

'여기서는 아무래도 혼을 내야 하려나?'

잠시 그런 생각이 머리를 스쳤으나, 이내 고개를 흔들었다. 아이가 눈치를 보는 건 황제만으로 충분하다 여긴 것이다.

'게다가⋯아직 열두 살이니까.'

한창 뛰어 놀 나이가 아니던가. 아카데미를 통해 또래들과 소통을 해 보는 것도 나쁘지 않을 것 같았다.

'뭐⋯또래라고 하기는 어렵겠지만.'

제튼이 카이든의 얼굴을 살폈다. 시무룩한 표정이 한 눈에 들어왔다. 작게 실소가 나왔다.

"얼굴 하고는⋯쯧! 연기하지 마라."

이건 또 무슨 뜬금없는 소리일까?

"쳇! 어떻게 알았지."

순간적으로 나온 카이든의 대답이 황당했다. 지켜보던 오르카가 벙찐 표정으로 제자를 바라봤다.

"내면 연기가 구려. 얼굴표정하고 다르게, 기운이 너무 태연하잖아."

"에~이. 그건 내면 연기하고는 좀 다른 것 같은데."

"그것도 내면이다. 그리고 어째 태도가 불량한 것 같은데, 자꾸 그러면 허락 안 한다?"

그 말에 카이든이 활짝 웃으며 말했다. 아카데미 입학에 관한 부분을 눈감아 준다는 뜻으로 받아들인 것이다.

애초 계획과는 조금 달랐으나, 이것도 크게 나쁘지 않다고 여겼다.

"역시! 아빠는 허락할 줄 알았다니까."

카이든의 모습에 제튼이 재차 실소했다. 하지만 그 눈빛에는 작은 티끌이 묻어있었다. 아이가 자신에게만 어리광을 부린다는 걸 알기 때문이다.

"그런데, 내가 알기로는 카이스테론 아카데미는 신입생의 경우에는 무조건 기숙사 생활을 해야 하는 걸로 아는데. 아니냐?"

제튼의 물음에 카이든이 씨익 웃으며 말했다.

"다 방법이 있지요. 흐흐!"

그리 말하며 슬쩍 오르카에게로 시선을 보내는데, 아무래도 그녀가 도움을 준 것으로 여겨졌다.

"그나저나…슬슬, 돌아가야지."

문득, 제튼이 그렇게 말하며 카이든을 오르카에게로 떠밀었다.

"같이 안 가?"

오르카의 물음에 제튼이 고개를 흔들었다.

"나는 아직 볼일이 남아 있어서."

"볼 일?"

전투는 끝났다. 그런데도 일이 남았다?

의아한 듯 쳐다보는 그녀의 시선을 무시하며, 카이든에게 말을 건넸다.

"아카데미 입학 축하한다."

그 말에 잠시 제튼을 바라보던 카이든이 물었다.

"선물은?"

"큭!"

실소가 나왔다. 엉뚱한 부분도 있지만, 그런 부분까지 포함해서 참으로 재밌는 아이였다. 만날 때마다 잘 자랐다는 생각이 들 정도랄까? 잠시간 고민하던 제튼이 손가락을 튕기며 말했다.

"검 하나 만들어주마."

카이든이 눈을 반짝였다. 그 옆에서 오르카의 눈도 반짝이는 걸 봤으나 이번에도 역시 무시해줬다.

"그럼."

제튼이 짧게 한 마디를 더 건넨 뒤, 휙 하니 신형을 돌렸다. 그리고는 바람처럼 멀어져간다. 몰래, 저 뒤를 쫓아가려는 생각을 가졌던 오르카와 카이든은 이내 고개를 흔들며 포기해야만 했다.

그도 그렇게 지금의 이동 속도는 앞전의 것을 훌쩍 뛰어 넘고 있던 까닭이었다.

'기가 막히네.'

경이로울 정도였다.

사실, 여기에는 약간의 사정이 있었다. 바로 베아튼의 존재로써, 앞전에는 제튼 홀로가 아닌 베아튼도 함께 이동을 했었다는 부분이었다.

당시의 베아튼은 그리드의 광기에 먹힌 상태였다. 그런 베아튼을 통제하며 이동한 것이다. 당연하게도 제 속도가 나올 수가 없었다.

지금의 제튼은 그런 제약에서 벗어난 상태라고 할 수 있었다.

순식간에 점이 되어서 사라져버린 제튼의 모습에, 오르카가 작게 한숨을 내쉬며 신형을 돌렸다.

"돌아가자."

그 말과 함께 그녀가 먼저 움직이고, 그 뒤를 카이든이 따랐다.

◈

제튼은 그 혼자서 수도에 온 게 아니다 보니, 함께 복귀하는 게 약간은 꺼리던 상황이었다.

그러던 찰나에 그의 감각을 파고드는 게 있었다. 무시해도 상관은 없겠으나 약간의 호기심도 있었기에, 이를 핑계로 슬쩍 떨어져 나왔다. 그리고는 전력으로 신형을 날렸다.

거리를 벌리기 위한 이유도 있었으나, 감각에 파고든 상대가 혹여 눈치를 챌까 우려한 것이다.

순식간에 원하던 위치까지 도달했다. 상대가 보였다. 뒤늦게 자신을 발견한 듯 인상을 찡그리고 있었다.

제튼이 씨익 웃으며 신형을 내리꽂았다.

콰아아앙!

강렬한 일격.

산사태가 일어나며 산의 형태가 변형되는 게 느껴졌다.

'놓쳤나.'

시선을 위로 올렸다. 하늘 위에서 감각을 자극하는 신호를 발견한 까닭이었다.

'어느 틈에.'

조금 전 일격이 실패할거란 건 예상하고 있었으나, 그 회피 과정이 놀라웠다. 그의 감각으로도 상대의 이동을 파악하지 못한 것이다. 이건 무엇을 말하는 걸까? 고민과 동시에 답이 나왔다.

'블링크!'

상대는 마법사였다. 그것도 공간에 관한 신기를 부리는 게 가능한 고위의 마법사인 모양이었다.

8서클!

적어도 그 정도는 되어야 도달할 수 있는 경지였다. 입꼬리가 살짝 올라갔다.

'하루 만에 둘인가.'

경지 너머의 존재를, 그것도 마법사를 무려 두 명이나 상대하게 생긴 것이다.

물론, 첫 번째와 달리 두 번째는 전투 의사가 있어 보이지는 않았으나, 안타깝게도 제튼은 상대를 놓치고 싶지 않았다.

허공에서 그를 내려다보는 상대를 찬찬히 살펴봤다.

보기 드문 흑발을 한 20대 후반의 미청년이 하늘에 떠있었다. 구름에 닿을 듯 높은 위치였건만, 그 표정 하나하나가 눈에 담겼다.

잔뜩 구겨진 표정이 매우 마음에 들었다.

"오랜만이라고 해야 하려나."

제튼의 그렇게 애매한 인사말을 건네며 손을 흔들었다. 이에 흑발 사내가 짧게 혀를 찼다.

"기억하고 있는 건가?"

그의 물음에 제튼이 고개를 끄덕였다.

"기억력이 나쁜 편은 아니라서."

흑발사내는 제튼과의 만남을 떠올렸다. 사실, 그건 만남이라고 하기에도 어려웠다.

8, 9년여 전 즈음, 제튼이 수도 근방에서 한 차례 전투를 벌인 적이 있었다. 흑발사내는 그 당시 하늘 위에서 그 장면을 지켜봤었는데, 우연인지 아니면 그의 기척을 읽은 것인지, 제튼이 그를 올려다보며, 짧게나마 서로의 시선을 마주한 적이 있었다.

극히 찰나의 시간.

당연히 만남을 가졌다고 하기에는 어려웠다.

'설마… 이 거리를 눈치 챘을 줄이야.'

흑발사내는 제튼이 생각 이상으로 위험한 존재라는 걸 깨달았다.

그가 제튼을 뒤따른 건 수도에서부터였다.

수도의 동쪽에서 밀려든 갑작스런 마기가 그를 움직이게 했다. 그리고 이내 제튼과 베아튼을 발견했고, 그들의 이동을 목격했다.

중간에 오르카라는 의외의 존재가 끼어있어서, 상당한 거리를 유지한 채 뒤를 쫓아야만 했다.

이후, 시야 및 감각권의 확장 마법을 통해 전투를 지켜보던 그는 놀라운 정보는 듣게 된다.

대공 브라만!

베아튼과 전투를 치르는 사내가 놀랍게도 바로 그 브라

만이었다는 것이다. 베아튼의 절규를 듣고 알게 된 정보였다.

그가 알던 것과는 다른 모습이었으나, 의심하지는 않았다.

'저 정도의 강자가 브라만 대공 외에 또 있을 리가 없지.'

오르카의 존재로 인해 예상 이상으로 먼 거리에서 관찰을 하는 상황이었는데, 오히려 그게 다행이라는 생각이 들었다. 과거의 경험으로 비추어 봤을 때, 어설프게 접근했다가는 들킬 가능성이 크다는 걸 알기 때문이었다.

헌데, 의외의 상황이 발생해 버렸다.

'이 정도 거리라면 여유라고 생각했건만.'

눈앞의 존재는 말도 안 되는 거리에서 그의 존재를 눈치챈 것이다. 경각심이 일어나는 순간이었다.

'대륙 제일…인가.'

새삼 그의 위치가 떠올랐다.

전투가 끝나고 난 뒤, 돌연 어딘가로 달려가는 모습에 급히 그 뒤를 쫓을까 싶었으나, 중간에 있는 오르카의 존재를 생각하며 걸음을 돌렸었다.

브라만 대공 못지않게 그들 일행에게도 관심이 향했기 때문이었다.

또 다른 경지 너머의 존재.

그리고…

마스터에 이른 황자!

호기심이 샘솟기에 충분한 이들이었다. 그들의 뒤를 밟으려는 찰나, 제튼이 등장했다.

'내 시야 바깥으로 빠져나간 뒤에 크게 돌아서 온 건가.'

대충 예상은 됐다. 그렇지 않고서야 뜬금없이 옆에서 튀어나올 이유가 없기 때문이다.

"너 정체가 뭐냐?"

문득, 들려온 질문이 상념들을 흩어 놨다.

"대답해야 할 이유가 있나?"

역으로 날아드는 그 물음에 제튼이 실소하며 말했다.

"뭐, 그건 그렇지. 그럼 딱 하나만 묻자. 이건 기왕이면 대답해 줬으면 좋겠다."

"들어보고 결정하지."

흑발사내의 대답에 제튼이 고개를 끄덕이며 물었다.

"너… 드래곤이냐?"

일순간 차가운 한기가 주변 일대를 잠식했다.

'한기? 아니지… 이건, 마기라고 해야 하나?'

기운의 정체에 관해서는 딱히 이렇다고 단정 짓기가 어려웠다. 하지만 굳이 비교하라면 마기에 좀 더 가깝다고 여겼다.

물론, 지금 당장 중요한 건 이게 아니었다.

"어떻게 알아봤지?"

흑발사내의 물음에 제튼이 어깨를 으쓱이며 말했다.

"그냥. 감이라고 해 두자."

'집 근처에 드래곤이 살고 있고, 자주 몸 풀기를 하다 보니 그 체취나 기운 같은 걸 감지할 수 있게 되었다… 라는 걸 이야기 해주기는 좀 그렇잖아.'

단지, 지금 여기서 궁금한 건 하나였다.

"그런데, 너 정말 드래곤이 맞긴 하냐?"

바로 이거였다.

'드래곤인 것도 같고, 아닌 것도 같고.'

애매했다.

그리고 이 질문으로 인해 흑발사내의 표정은 얼음처럼 딱딱하게 굳어버렸다.

"너… 위대한 존재를 만난 적이 있나?"

흑발사내의 질문에 제튼의 두 눈이 빛났다.

"역시, 드래곤이 아닌 건가."

질문에 대한 대답이 아닌, 전혀 다른 이야기를 하는 제튼이었으나, 덕분에 흑발사내의 안색은 더욱 차갑게 변해야만 했다.

"드래곤은 스스로를 위대한 존재라고 표현하지 않는다고 들었으니까. 아무래도 넌 드래곤은 아니겠네."

그렇다면 뭘까?

'어째서 드래곤을 생각나게 하는 거냐.'

이유를 고민해봤다. 마땅한 답이 나오질 않았다. 그나마 내어 놓을 수 있는 거라면,

"드래곤의… 가디언?"

이 정도 뿐이었다. 흑발사내의 표정을 살펴보니 아무래도 오답인 모양이었다.

'뭘까?'

고민을 하는 그에게 흑발사내가 질문을 던졌다.

"위대한 존재를 알고 있나?"

제튼은 잠시 의문을 접은 채, 흑발사내의 질문에 대답해 줬다.

"알지. 아주 잘 알고 있지."

그러면서 반응을 살폈다. 언뜻 드러난 표정에서 제튼은 앞으로의 태도를 정할 수 있었다.

'적…'

오래 전, 아주 잠시 마주쳤던 시선에서 느꼈던 게, 방금 전에도 드러났다.

적개심!

굳이 위대한 존재라고 표현하며 드래곤을 높이는 사내였다. 때문에 드래곤과의 관계를 살짝 풀어놔봤다. 신뢰성을 높이고자 그들과 관련된 약간의 지식도 같이 내어놨다.

하지만 그럼에도 불구하고 비쳐졌던 얼굴은 부정적인 것이었다.

'뭐, 굳이 표정을 살필 필요도 없었으려나.'

은연중에 깔리기 시작한 기운이 그를 향해 이를 드러내고 있었다.

'차라리 잘 된 건가.'

그의 정체를 알고 있다는 것만으로도 가만히 놔두기가 어렵건만, 이처럼 적의를 드러내 준다면 양심적인 가책도 일부 털어낼 수 있기에 손을 쓰기가 편했다.

'게다가… 드래곤의 기운보다 강하게 느껴지는 마기가 영 거슬린단 말이지.'

이를 증명하듯, 주변 공간을 장악하고 있는 흑발사내의 기운에는 마기가 잔뜩 섞여 있었다. 천마신공이 흥분하는 게 느껴졌다.

크르르르…

광견의 낮은 울음소리가 전투를 예견하고 있었다.

일렁이는 마기가 어느새 사방을 가득 메웠다. 마치 천마재림을 생각나게 하는 모습에 입 꼬리를 말아 올리던 제튼이 슬쩍 말문을 열었다.

"하나만 더 묻자."

흑발사내는 반응하지 않았다. 그저 노려보고만 있을 뿐

이었다. 그러거나 말거나 제튼은 할 말을 뱉었다.

"아카데미는 왜 온 거냐?"

일순간 동공의 흔들림을 드러내는 흑발사내의 모습에 제튼이 고개를 끄덕였다.

'잘 못 느낀 게 아니었군.'

괴이한 기운의 바다에 빠져있던 덕분인지, 지금 이 기운을 입학식에서도 느낀 적이 있다는 게 떠오른 것이다. 워낙 미약하고 흐릿한 기운이라서 제대로 잡아내지 못했었는데, 이렇게 크나큰 덩어리를 온몸으로 체감하고 나자, 당시의 기억이 선명하게 되새김질 됐다.

흑발사내는 제튼의 질문에 정말 크게 놀랐다.

'그걸… 알아냈단 말인가.'

새삼 제튼에 대한 경계심이 커졌다. 그도 그럴게 입학식에는 그가 아닌, 그의 패밀리어가 참석했었기 때문이다.

패밀리어의 희박한 기운에서 그를 읽어냈다?

'말도 안 되는 놈이었군….'

인간들의 최강자라고 하지만, 그래도 어느 정도 우습게 여기는 경향이 있었다. 그러던 게 베아튼과의 전투를 본 뒤에 확 바뀌었고, 지금 이 순간 확실히 정점을 찍었다.

"아카데미에 온 이유가 뭐냐?"

재차 들려오는 질문에 흑발사내가 눈살을 찌푸렸다.

아카데미 방문 목적?

힘 있는 인간들이 하는 것과 비슷했다.

인재 발굴.

물론, 그에게는 필요 없는 부분이었으나, 그가 협력해주고 있는 조직에서 원하는 일이기에 한 팔 거들어주고 있는 것이다. 명성 있는 아카데미 입학식들은 항시 눈에 담아두고 있었다.

그렇게 패밀리어를 보내 관찰을 하던 중, 제법 느낌이 있는 존재들을 몇 발견했다.

직접 눈으로 확인하고자 거처를 떠나 수도로 왔고, 그 타이밍에 베아튼이 나타난 것이다. 이후, 제튼과 베아튼의 뒤를 쫓아 움직였다. 그러던 와중에 그가 발견했던 인재를 한명 목격하게 되는데, 그 정체가 또 의외였다.

황자 카이든!

무려, 마스터에 이른 강자라는 게 또 반전이었다.

패밀리어를 통해 봤던 것 보다 한참이나 높은 경지에 있던 것이다.

그야말로 충격이었다.

겨우 열두 살.

그가 알고 있는 황자의 나이였다. 겨우 그 나이에 마스터에 올랐다? 역사상 유례없는 일이었다. 신의 가호를 받는 영웅들도 이룰 수 없는 기적이었다.

때문에 제튼을 놓쳤을 때, 과감히 카이든에게로 시선을 돌릴 수 있었던 것이기도 했다.

"입에 꿀 발랐냐?"

문득 들려오는 음성에 흑발사내가 상념을 접었다.

"아카데미는 뭐 하러 갔냐고?"

그 물음에 흑발사내는 의외의 대답을 했다.

"…헬파이어."

"그래. 헬파이…어?"

고개를 갸웃거리던 제튼은 허공중에 피어난 거대한 불덩이를 보고서야 고개를 끄덕였다.

"그러니까 한 판 붙자 이거구나."

원하던 상황이라고는 하나, 벌써부터 이러는 건 아니었다.

'푸닥거리는 대화 좀 나누고 하려했더니. 쯧!'

짧게 혀를 찬 제튼이 훌쩍 신형을 띄웠다. 어느새 불덩이가 다가오고 있는 걸 본 까닭이었다.

그 뜨거운 열기를 접한 제튼이 짧게 중얼거렸다.

"화끈하네."

베아튼과 비교되는 수준이었다.

'이 정도라면…'

그냥 8서클이라고 치기는 어려울 것 같았다. 마치 공간을 뛰어넘듯, 다가오는 불길을 건너 그 너머의 흑발사내에게 다가들었다.

이해할 수 없는 등장에 깜짝 놀라 동공을 키우는 흑발사내의 모습이 보였다. 그 안면을 향해 주먹을 뻗었다.

파앙!

허공이 터져나갔다.

'젠장맞을 공간이동!'

헛손질이었다. 블링크가 펼쳐진 것이다. 벨로아를 통해 자주 겪어본 덕분인지 놀랍지는 않았다.

콰아아앙…

등 뒤로 헬파이어가 일으킨 폭발성이 들려왔으나, 관심 대상이 아니었다. 그의 신형이 빠르게 옆으로 움직였다.

벨로아를 통해 블링크를 상대하는 가장 단순한 방법은 하나라는 걸 깨달았다.

'쉴 새 없이 두드리는 거지.'

무려 공간을 뛰어넘는 고차원적인 마법이었다. 아무리 높은 수준의 마법사라고 해도, 이를 연달아 펼치는 건 어려웠다. 특히, 숨 돌릴 틈도 없이 연속으로 사용하게 된다면, 자연스레 발현 속도가 늦어질 수밖에 없었다.

이는 드래곤 중에서도 고룡이라 불리는 벨로아를 통해 확인한 결과였다.

파앙!

또 다시 헛손질이었다. 신경 쓰지 않았다. 이미 상대의 다음 목적지는 감각에 잡혀있기 때문이다.

'벨로아 영감님 보다 편하네.'

블링크는 쓰는 순간, 이미 도착할 목적지에 마나의 일렁거림이 생겨나고 있었다.

어찌 보면 당연한 과정이겠으나, 벨로아는 그 일렁거림을 감지하기도 어려울 만큼 순간적으로 이동을 완료했었다. 그렇다고 해서 흑발사내의 이동이 느리다는 건 아니었다.

단지, 벨로아와 비교하자면 차이가 있는 것이다. 비록 티끌만한 차이였지만, 제튼에게는 충분히 크게 느껴질 정도였다.

'이렇게 계속 쉴 틈 없이 몰아붙이면.'

블링크 횟수가 늘어나면 벨로아 마저도 이동 순간에 미묘한 틈이 생긴다. 그리고 이렇게 되면 결국에는,

콰아앙!

"잡히는 거지."

제튼이 자신의 주먹을 막고 있는 반투명의 막을 봤다. 앱솔루트 실드라고 불리는 고위의 방어마법이었다.

반투명의 막 너머로 흑발사내를 바라보니, 약간은 지친 듯 이마위로 땀방울을 맺고 있는 게 보였다. 입술을 질끈 깨물고 있는 것이 지금 상황에 제법 성이 난 모양이었다.

그 일그러진 얼굴에 미소로 화답하며 말했다.

"아쉽네. 한번만 더 피했으면 10번 채웠을 건데."

"으득!"

자존심이 상했다. 겨우 아홉 번 만에 덜미를 잡힌 것이다. 뭐가 잘 못 된 것일까? 이유는 이미 느끼고 있었다.

연속으로 열 번이고 스무번이고 쉴 새 없이 블링크 할 수 있는 능력이 있었다. 하지만 그 횟수가 늘어날수록 그도 느끼지 못하는 미묘한 텀이 생겼던 모양이었다.

그것은 아주 미약한 차이였다. 하지만 제튼에게는 덜미를 잡기에 충분한 시간이었다.

블링크의 특성상, 한정된 공간 내에서 이동이 이뤄지게 되어 있었다. 그리고 그 공간은 제튼에게 있어서 한 걸음 거리도 되지 못했다.

"재미없지?"

문득 제튼이 말을 걸어왔다. 입을 꾸욱 다문 채 그를 노려봤다. 그 모습에 실소한 제튼이 주먹을 재차 휘두르며 말했다.

"더 재미없게 해줄게!"

콰아앙!

막 위로 주먹이 휘둘러졌다. 실드가 부서지는 찰나, 재차 블링크로 몸을 빼냈다. 제튼이 즉각 쫓아왔다. 잠시 호흡을 고른 덕분에 미묘한 텀이 사라진 듯, 또 다시 연달아 블링크가 이어지고 제튼의 주먹이 헛손질을 시작했다.

허전한 손맛에 신경 쓰지 않으며 구준히 추격을 반복했다.

콰아앙!

결국 또 다시 따라잡혔다. 이번에는 한 번 더 늘어난 열 번이었다. 앞전과 달리, 제튼은 호흡을 고르게 두지 않았다. 재차 주먹이 뻗어나갔다.

콰직!

반투명의 막이 부서졌다. 막을 두드린 첫 번째 주먹과 막을 박살낸 두 번째 주먹, 이 모든 게 한 호흡에 이뤄졌다. 그로 인해 흑발사내가 몸을 빼기에는 시간적 여유가 부족했다.

양 팔로 전방을 가리며 몸을 웅크리는 게 보였다. 그 위로 제튼의 주먹이 떨어져 내렸다.

빠악!

짜릿한 타격음과 함께 흑발사내의 신형이 쭈욱 튕겨져 날아갔다. 헌데, 제튼의 표정이 기묘했다. 바로 추격을 할 듯 기새좋게 달려들던 그가 자신의 주먹을 바라보며 눈살을 찌푸리고 있는 게 아닌가.

"허… 이건 또, 황당하네."

제튼이 신기하단 얼굴로 저 앞에 멈춰 선 흑발사내를 바라봤다. 넝마가 되어도 부족하지 않을 일격이건만, 멀쩡한 모습으로 팔을 털어내는 게 보였다. 제튼이 고개를 절레절레 흔들며 물었다.

"마검사냐?"

"비슷하다고 해 두지."

흑발사내의 짧은 대답에 제튼이 입맛을 다셨다. 조금 전 일격을 이어가며 끝을 내버릴 생각이었는데, 손끝에 느껴지는 저릿함에 잠시 전진을 멈춰야만 했다.

'보통 단단한 게 아니던데.'

조금 전 주먹에서 느껴진 딱딱함을 떠올려봤다. 무림에서 말하는 외공의 대가를 연상시킬 정도의 것이었다.

'쯧! 귀찮게 됐군.'

슬쩍 허공을 올려다봤다. 밤이 깊어가고 있었다.

'아카데미 복귀시간이 얼마나 남았으려나.'

마음이 급해졌다.

"더러운 마의 주구가 내 몸에 손을 대다니. 으득!"

순간, 흑발사내의 입이 열리면서 왠지 거슬리는 단어와 내용이 흘러나왔다.

'마의 주구?'

고개를 갸웃거리며 흑발사내에게로 시선을 던졌다.

"그게 무슨 뜻이냐?"

"모른다고 하지는 않겠지. 마족의 개!"

순간 둔기로 머리를 맞은 듯, 정신이 멍멍해졌다. 문득 떠오르는 게 있었다.

"혹시… 크루아 산이냐?"

제튼의 물음에 흑발사내가 싸늘한 얼굴이 됐다.

"역시, 네놈이었군. 크루아 산에서 차원을 넘은 부정한 놈."

욕짓거리가 불쑥 솟구쳤다.

'천마… 이 빌어먹을!'

애써 삼켜내며 벨로아를 떠올렸다. 이제는 그의 마을에서 함께 지내고 있는 고룡 역시도 크루아 산에서의 일 때문에 그를 적대했었다. 흑발사내 역시 그와 같은 경우라고 여겨졌다.

"미리 말하는데, 나 마족하고 아무 연관도 없다."

"큭!"

흑발사내의 입꼬리가 살짝 비틀렸다.

"도둑놈은 제가 도둑이라고 하지 않는다더니. 정말 그렇군."

'끄응….'

확실히 하기 위해서 비장의 패를 꺼내들었다.

"내가 마족이 아니라는 건 벨로아 영감, 아니 어르신께서 증명해 주실 거다."

상대에게서 느껴지는 드래곤의 기운을 믿어보기로 했다. 과연, 통한 것일까? 흑발사내의 눈가에 작은 파문이 일었다.

"…벨로아 카마르산님을 말하는 건가?"

"그래, 그 분."

흑발사내의 기세가 한풀 꺾였다. 그도 그렇게 상대가 드래곤의 진실된 이름을 알고 있다는 게 걸린 것이다.

'정말인가….'

제튼을 이리저리 관찰하듯 바라보던 흑발사내가 눈을 가늘게 뜨며 물었다.

"좋다. 마족과 관련된 게 아니라는 걸 믿어 보겠다."

하지만 그 표정에서는 재차 전투 의지가 드러나고 있었다.

"그러나, 네 힘이 부정된 것이라는 건 의심치 않기로 했다."

"이유가 뭐지?"

"크루아 산에서 차원의 틈을 열었다는 게 그 이유라면 이유지."

"마족과 관계가 없는데도 문제가 되나?"

"…이 세상에 속하지 않는 존재라는 게 문제다."

눈살이 찌푸려지는 대답이었다.

"너는 마족의 주구와 다를 게 없다."

그들 역시도 이곳 세상의 존재이기는 하나, 그 힘은 다른 세상에서 비롯된다. 그리고 이런 부분을 배제하는 게 흑발사내가 하는 일이었다.

"결국 한판 붙자는 거네?"

그 말에 흑발사내가 안광을 번뜩이며 말했다.

"그래도 네 가족들은 용서하도록 하겠다."

"…하?"

제튼의 입 꼬리가 올라갔다.

"가족?"

눈이 번쩍 뜨였다.

"푸하하하하하핫−!"

그의 머릿속에서 '뚝!' 하는 소리와 함께 이성이 날아갔다.

광견의 목줄이 풀렸다.

크와아앙!

그 순간, 흑발사내의 몸이 경직됐다.

'이건… 드래곤 피어?'

즉각 마력을 움직여 몸을 풀어냈다. 그 잠깐의 시간을 통해 제튼이 거리를 좁혀왔다.

몸을 빼내기에는 시간이 부족했다. 날아드는 제튼의 일격에 흑발사내도 급히 주먹을 뻗었다.

콰아아앙!

주먹에 걸리는 짜릿한 통증으로 공격의 성공을 짐작했다. 헌데, 어째서 주먹의 통증밖에 안 느껴지는 것일까? 흑발사내가 의문을 품는 순간이었다.

덥썩!

그의 머리채를 부여잡는 억센 손길이 있었다. 깜짝 놀랐다. 분명 정통으로 주먹이 들어갔다. 제튼의 가슴에 닿은 그의 주먹이 그 증거였다.

머리채를 움켜쥔 제튼이 자신의 가슴을 내려다보며 말했다.

"겨우 이걸로 용서를 운운한 거냐?"

"으득! 건방진…."

빠악!

말을 채 이을 수 없었다. 정신이 아득히 날아갈 것 같은 통증과 함께 고개가 돌아갔기 때문이다.

'턱! 턱이….'

하관이 날아간 것 같았다. 뒤늦게 밀려든 감각으로 그게 아니라는 걸 알았으나, 지독한 통증이 뒤따르며 또 다시 정신을 날려 보내고 있었다.

"건방? 그건 네가 들어야 할 소리지."

제튼이 그 말과 함께 재차 주먹을 뻗었다.

빠득!

갈빗대가 부러지고, 장기가 단체로 괴성을 내질렀다. 울컥울컥 넘어오는 핏물이 내부의 심각함을 이야기해주고 있었다.

"가족을 어째? 용서?"

마치 하늘 위의 태양을 담아놓은 듯, 시뻘겋게 달아오른 안광이 그를 향해 번뜩이고 있었다.

'으... 으으......'

그제야 깨달았다. 눈앞의 사내는 그의 예상범주를 아득히 넘어서는 존재였다. 뒤늦은 깨달음이었다.

"씨발새끼가 욕 나오게 만드네."

이미 제튼은 꼭지가 돌아있었다.

"드래곤 사회에 한 번 뛰어들어 봐?"

정말, 눈에 뵈는 게 없었다.

실수했다!

그 단어가 머릿속을 울렸다. 하지만 흑발사내는 후회하지 않았다. 그는, 그들은 지금껏 그렇게 교육받고 행해왔기 때문이다.

〈마의 주구는 멸한다!〉

기본 사항이었다.

〈그 핏줄은 멸한다!〉

추가 이행목록이었다.

단, 두 번째의 경우에는 상황에 따라 조정이 가능했다.

이것은 평생에 걸쳐 교육되어 온 것이기에, 지금도 그의 발언이 잘 못 되었다고 생각하지 않았다.

"표정 보소. 반성하는 기색이 없어 뵈네."

그 말과 함께 제튼의 주먹이 휘둘러졌다.

빠악. 빡. 뿌득…

순식간에 수십 번의 주먹질이 얼굴을 두드리고 지나갔고, 거짓말처럼 이빨이 빠져나갔다.

그 육신은 무려 경지 너머에 이른 단단함을 지녔다. 하지만 너무도 쉽게 부러지고 망가졌다.

제튼이 주먹질을 멈췄을 때, 흑발사내의 얼굴은 마치 고기를 뭉개놓은 듯 울룩불룩 엉망이 되어 있었다. 과연, 살아있긴 한 것일까 싶은 몰골이었다.

"으…으어어어…"

괴이한 신음성을 내뱉으며 생존을 알려오는데, 그렇게 벌려진 입 안에 있어야 할 것이 보이질 않았다.

"고거 몇 대에 강냉이가 다 떨어져? 뭐가 이리 약해!"

제튼의 이야기에 흑발사내는 슬슬 두려움이 밀려들기 시작했다. 특히, 그의 두 눈에서 뿜어져 나오는 붉은 안광과 한 번씩 마주할 때면, 절로 방광에 힘이 풀렸다.

동공이 자꾸만 옆으로 돌아가는 건, 바로 그 붉은 안광을 피하기 위함이었다.

푸욱!

그 순간 왼쪽 눈가에 아찔한 고통이 밀려들었다. 제튼의 엄지손가락이 그 안으로 파고든 것이다.

"어디서 눈깔을 굴려."

그러면서 엄지를 빙글빙글 돌리는데, 뇌리가 타들어갈 것 같은 고통이 엄습했다.

"끄아아아아아악!"

숨넘어갈 듯 비명성을 내지르고 있으니 이번에는 그 목구멍에 주먹을 찔러 넣는다.

"시끄럽다. 밤중이야. 주둥이 다물어야지."

그러더니 대뜸 혀를 잡아채더니 주욱 뽑아내는 게 아닌가.

"끄르르륵⋯."

일순간 목구멍 가득 차오른 핏물에 숨통이 턱 하니 막혔다. 하지만 숨이 멈추지는 않았다. 특유의 치유력과 함께 뜯겨나간 부분이 지혈되고 재생된 까닭이었다.

마력이 움직인다면 빠르게 회복이 되었겠으나, 안타깝게도 제튼의 방해로 쉽지가 않았다. 계속 몸 안으로 파고드는 괴상한 기운이 마력의 이동을 방해하고 있었다.

왼쪽 눈에 엄지를 박아 넣은 상태로 제튼이 말했다.

"너는 오늘 죽을 거다."

평소라면 코웃음을 쳤을 흑발사내였으나, 안타깝게도 지금은 그럴 수가 없었다. 눈앞의 상대가 얼마나 대단한 능력자인지 알아버린 까닭이었다.

때문에 그가 죽는다고 말을 한 이상, 오늘이 생의 마지막 날인 것이다.

"하지만 단 한 번!"

제튼이 하얗게 웃으며 말을 끊었다. 그리고는 흑발사내의 귀에 손가락을 쑤셔 넣었다. 뜨거운 핏물이 손가락을 타고 내려왔다.

"끄아아아아악!"

처절한 비명성이 귓전을 때렸다.

부우욱!

순간 흑발사내의 옷깃이 찢겨진다 싶더니 입 안으로 그 천자락이 뭉개져 들어왔다. 그리고 한층 조용해진 공간에서 제튼이 아직 성한 귓가에 다가가 속삭였다.

"딱 한 번, 도망칠 기회를 줄게."

그게 생존으로 이어질 거라는 약속은 하지 않았다. 이미 죽음을 예고한 상태이기 때문이었다.

"물론, 그 전에 오붓한 대화를 좀 나눠야겠지."

당연히 몸으로 나누는 짜릿한 이야기일 것이다.

◈

그곳은 하루가 없었다.

그곳은 태양이 없었다.

그곳은 어둠이 없었다.

그곳은 존재가 없었다.

그곳은…

죄인만 있었다.

보랏빛 하늘과 검푸른빛 대지가 시야를 가득 채우고 있는 그곳에서 '그'는 오연히 서 있었다.

이 지긋지긋한 장소, '틈새'라 부르는 그들만의 '감옥' 속에서 그는 항상 바라본다.

전방의 어둠.

뒤편의 밝음.

그 모든 것들은 시야가 아닌 아득한 감각 너머에서 다가 왔다 사라진다. 이 장소를 넘지 못한 채, 그저 흩어져 사라 질 뿐이었다.

하지만 가끔, 아주 간혹 감각 안으로 빛과 어둠이 '침 입'할 때가 있었다. 그리고 여기서 '그'의 역할은 이러한 것들을 제자리로 되돌리는 것이었다.

"죽었나?"

문득 '그'의 입이 열리며 기이한 한마디가 튀어나왔다. 그의 시선이 뒤로 향했다. 저 멀리 감각 너머의 밝음을 향 해 의지를 던졌다.

"재밌군."

입 꼬리가 살짝 올라갔다.

"대륙 최강자…인가."

고개를 끄덕였다.

"명성이 아깝지 않군."

사도 '바람'을 죽인 자.

"브라만 대공."

아쉬운 게 있다면, 전달된 건 이름뿐이라는 것이다. 이미 지도 함께 들어왔다면 참 좋았을 것 같다는 생각이 들었다.

"그만큼 다급했다는 의미겠지."

겨우겨우 한 마디만 전달되어 왔고, 그게 바로 '브라만'이라는 단어였고 이름이었다.

"기회가 된다면…."

미소가 지워졌다.

"만나보고 싶군."

돌아갔던 고개가 다시 전방으로 향했다. '그'의 시선이 다가오지 않는 어둠에게 닿았다.

❖

뜻밖의 사건으로 인해, 가족들의 오붓한 시간이 방해되었으나, 그럼에도 불구하고 셀린과 메리는 즐겁게 수도 탐방에 들어갔다.

케빈은 안내인 역을 맡아 열심히 지식을 소개해야만 했다. 짧은 기간이었다고는 하나 아카데미의 기숙사에 머물며, 이래저래 얻어들은 정보들이 제법 됐다. 이를 토대로 아카데미 근방의 볼거리 정도는 소개가 가능했다.

"에~이. 별로 볼 게 없는데?"

"으익! 이 맛에 이 가격?"

"에게게?"

물론, 여동생의 짜릿한 투덜거림이 간혹 뒷목을 뻐근하게 하기는 했으나, 나름 충실한 시간이었다고 여겼다.

그렇게 얼마나 돌았을까?

기숙사에서 담은 지식들이 전부 사용되고 밑바닥이 드러나며 점차 눈치를 보기 시작할 무렵이 왔다. 그나마 다행이라면 슬슬 아카데미에 돌아가야 할 시간이 찾아들고 있다는 점이었다.

"우리도 슬슬 가 봐야 하는데, 아빠는 왜 이렇게 안 와?"

메리의 투덜거림에 케빈이 쓰게 웃으며 저 한편으로 시선을 보냈다. 제른의 기척이 멀어졌던 방향이었다.

'별 일 없을 거라고 믿습니다.'

그리 생각은 하고 있으나, 예상 이상으로 오래 걸린다는 생각에 일말의 불안감이 밀려들었다. 물론, 그렇다고 해서 제른에게 무슨 일이 있을 거라고는 여기지 않았다. 부친의 강함은 마스터에 이른 그의 감각으로도 아득한 영역이었다.

'누가 감히 아버지를 해할 수 있을까.'

그럼에도 생기는 이 기이한 불안감은 그가 아들이기 때문이리라.

"너무 걱정 마렴. 별 일 없을 테니까."

셀린이 투덜거리는 메리를 다독이는 게 보였다. 모친은 동생이 불안감에 삐죽대고 있다는 걸 알고 있던 듯, 아이의 마음을 쓸어주고 있었다.

아마도 저 불안감은 케빈이 안내하는 내내 이어져왔을 것이다. 중간중간 케빈의 뒷목을 뻐근하게 했던 동생의 심술들은, 그 마음의 잔재가 말과 태도로 불쑥 솟으며 찔러든 것이리라.

"끄응… 이거 참. 너무 늦어버렸나."

문득 들려온 앓는 소리가 그들의 시선을 잡아끌었다.

"아빠!"

"아버지."

확인과 동시에 메리가 먼저 뛰어들었고, 케빈이 뒤를 따랐다. 셀린은 조용히 그들 남매의 후미에서 제튼을 바라보며 미소 짓고 있었다. 그 끝에 작게 달린 한숨은 그녀 역시도 제튼을 걱정하고 있었다는 의미이리라.

빠악!

순간 들려온 둔탁한 소리가 가족들의 청각을 어지럽게 흔들었다. 메리가 달려들던 모습 그대로 힘차게 몸을 들이받은 것이다.

겉으로 보기에는 안겨든 것 같았으나, 그 실상은 극상의 몸통 박치기였다.

"꺼억…."

턱을 떨치며 고통을 호소하는 제튼의 모습이 그 아픔의 정도를 말해주고 있었다.

"무사하셔서 다행입니다."

메리의 뒤를 따라온 케빈이 그 말과 함께 미소를 건네 왔다. 일말의 불안감을 날려 보내는 그런 편안한 감정의 발로였다.

이에 제튼이 쓴웃음으로 화답하며 말했다.

"나 지금 안 무사하시다."

그러면서 가슴의 통증을 호소해왔다. 케빈의 미소가 한 층 유쾌하게 변했다.

"뭐 하느라고 이제 온 거야?"

품 안에서 들려온 메리의 물음에 제튼이 슬쩍 뒷걸음질 을 치며 말했다.

"잠깐 볼, 커헉!"

뿌드득…

순간 메리가 손을 뻗어 허리를 둘러왔다. 그리고 이어지 는 강렬한 포옹! 갈비뼈가 재차 육두문자를 남발하기 시작 했다.

우득. 뿌드득!

이 청초한 아름다움을 품고 있는 딸아이는 그로 말미암 아 폭력성을 얻게 되었다. 새삼 무섭다고 생각했다.

'특히… 이 힘!'

여성이기에 더욱 특별할 수 있도록 그가 조치한 힘이었다. 덕분에 메리는 '힘'을 '쓸' 줄 알았다. 그야말로 아름다운데다 강렬하기까지 하다.

뿌득. 빠득…

덕분에 갈비뼈가 이토록 고생을 하는 것이리라.

"잠깐, 볼 일이 있어서 늦어버렸지. 미안. 사죄의 의미로 내일은 제대로 수도구경을 시켜줄게."

입학식은 끝났다. 하지만 신입생들은 앞으로 1년이라는 시간을 수도에 얽매여 지내게 된다. 때문에 아카데미는 입학식 이후 이틀을 더 쉬게 하며 가족과의 시간을 허락해줬다.

"맛있는 것도 많이 사줄 거야?"

메리의 물음에 제튼이 빙긋 웃으며 고개를 끄덕였다.

뿌득… 빠득…

물론, 미소는 극히 어색했다.

여전히 품 안의 메리는 떨어질 줄 몰랐다.

'어억… 허리가!'

자존심이 꺾이고 있었다.

❖

아이들을 아카데미에 데려다 준 뒤, 제튼과 셀린은 인근 여관에 숙소를 마련했다.

값싸고 맛 좋은 여관으로써, 이곳도 천마를 통해 알게 된 장소였다. 워낙 구석진 위치에 있다 보니 아는 이들만 아는 특별한 장소였다.

'여기는 예전 그대로네.'

한 차례 방을 둘러보며 옛 생각을 하던 제른이 침대위로 시선을 보냈다. 조금 전까지 뜨거운 몸의 대화를 나눴던 셀린이 색색 거리며 잠들어 있었다.

잠시 그녀를 바라보던 제른의 시선이 창밖으로 향했다. 워낙 외진 곳이라 수도의 풍경을 감상하기는 어려웠다. 하지만 그럼에도 불구하고 저 한쪽에 어렴풋이 보이는 한 줄기 그림자는 눈에 들어왔다.

사자의 탑!

그가, 그의 육신이 거했던 장소였다.

항상 그의 존재를 느끼고 있다. 그가 이곳을 떠났음에도 여전히 그를 잊기가 어려웠다. 그럼에도 이제는 여유 있게 그를 뒤로 한 채 삶을 살아간다.

하지만 오늘은 왠지 그의 존재가 강렬히 느껴졌다.

카이든을 만나기 위해 자주 찾아오는 수도였으나, 오늘 따라 유난히 사자의 탑에 시선을 주는 이유도 그런 사정에 서 일 것이다.

'천마신공의 완전해방 때문이겠지.'

벨로아를 상대로 몸을 풀 때, 간혹 천마신공을 완전개방하고는 한다. 하지만 오늘은 거기서 한 걸음 더 나아갔다.

해방!

천마는 그의 몸 안에 거대한 개를 키웠다. 그것은 싸움에 미친 광견이자 투견이었다. 천마신공이라 이름 붙여야 옳건만, 항상 '광견'이라는 용어가 먼저 떠오르는 건, 천마가 그리 키웠기 때문이리라.

키웠다.

천마로 인해 나고 자랐다. 그것은 어찌 보면 천마의 분신과도 같았다.

때문에 놈을 가뒀다. 재웠다. 봉했다.

천마신공!

그 위험성을 알기에 기피했다. 하지만 그럼에도 불구하고 결국 그 늪에 발을 댔다.

〈피하려고 하기 보다는 길들일 생각을 해라.〉

벨로아의 조언으로 인한 결정이었다. 고룡의 능력으로 몸 풀기라는 명목아래 상당한 도움도 받을 수 있었다. 물론, 벨로아 스스로도 제튼과 그의 힘을 연구하기 위함이었기에, 온전히 받기만 한 건 아니리라.

하지만 그 한계선은 완전 '개방'까지였다. 해방과 개방은 그 의미가 달랐다.

개방은 힘의 전면개방을 뜻한다.

해방은 의지의 발현을 의미한다.

의지!

천마의 분신으로 성장한 광견의 정신이다. 이 놀랍도록 신비한 기운은 그 자아를 지니고 있으니, 천마는 이를 통해 자신의 분신을 낳았음이다.

때문에 제튼은 의도적으로 천마신공의 자아를 잠재웠다. 그것은 존재하는 것만으로도 제튼을 좀먹어 들어가기 때문이다.

그 힘의 존재는 착검(着劍)이다.

그 힘의 개방은 발검(拔劍)이다.

그 힘의 해방은 예검(藝劍)이다.

어찌 보면 그가 가장 강렬해질 수 있는 순간으로써, 그 힘이 천마에게 가까워질 수 있는 방법이었으나, 덕분에 가장 천마다워지는 위험이 있기에 의도적으로 기피하는 영역이었다.

"후우우우…."

깊은 한숨과 함께 흑발사내를 고문하던 자신의 모습을 떠올렸다.

그건 분명 자신이 맞다. 하지만 또 아니기도 했다.

'천마.'

제튼의 모습에 천마가 섞여든 느낌이라고 표현할 수 있었다.

그는 단호하게 목을 칠지언정 생명을 가지고 장난하지 않는다. 때문에 '해방' 했다. 놈의 자아가 녹아든 '자신' 이라면 충분히 적을 울부짖게 할 수 있기 때문이다.

그 정도로 분노했었다.

'덕분에… 오랜만에 기분 참…….'

사자의 탑에 재차 시선이 갔다.

문득, 흑발사내의 마지막이 머릿속에 그려졌다.

'일부러 놔줬지.'

약속했던 것처럼, '자신' 은 정말로 도망갈 기회를 줬다.

'육신은 넝마가 다 된 상태에, 마력은 찢겨지고 서클은 붕괴되어 오히려 죽음을 재촉하고 있었으니…'

말 그대로 기어갔다. 아니, 사실은 제대로 기어가지도 못했다. 그저 꿈틀대는 고깃덩이만 존재 한다 여겼다.

그럼에도 불구하고 살아 숨 쉬던 놀라운 생명력에 내심 감탄했다. 그 마지막 한줌의 호흡을, 생명력을 마력으로 전환하던 걸 봤다.

한 줄기 의지의 화살이 저 멀리 쏘아져 가는 걸 느꼈다.

'막으려면 막을 수 있었지.'

하지만 '자신' 은 굳이 막지 않았다. 적들에게 그의 존재를 일부러 알린 것이다.

경고!

감히 경거망동하지 말라는 제튼 '자신' 의 의지였다.

일찍이 '계'로부터 추방당해야 할 정도로 위협적이었던
존재가 소멸했다.

허락받지 못했던 '탐욕스런 왕'의 최후였다.

하지만 그 죽음의 순간에도 욕망의 찌꺼기가 남아 주변
을 오염시켰다.

과연 '왕'답다고 해야 할까? 순식간에 대지가 어둠에 물
들고 생명이 썩어 들어갔다. 숲이 거칠게 호흡하며 메말라
갔다.

이런 죽음위로 하나의 힘이 깨어났다.

그것은 어둠이었다.

암흑마법이라 불리는 힘의 발동조건으로써, 흔히 '마
기'라 부르는 종류의 힘이었다.

하지만 그것은 마계의 것이 아닌 중간계의 것이었다.

단지, 암흑마법이라는 틀에 갇혀 있던 까닭인지, 마기의
향을 풍기고 있었다.

그 때문일까?

멀지 않은 곳에서 그 힘을 찾아 또 다른 '마기'가 찾아
들었다.

같은 마기이되 다른 마기였다.

하나는 중간계의 것이었다면, 다른 하나는 전혀 다른 세

상의 것, 즉 마계의 힘이었다. 또한 '용' 의 향도 풍기는 아주 특별한 마기였다.

다르면서도 같은 두 힘이 모였다. 아니, 모여졌다.

두 힘은 오염되어 죽어가는 대지위로 약속이나 한 듯 뛰어들었다. 스며들었다.

그리고 이내 하나의 '씨앗' 이 탄생했다.

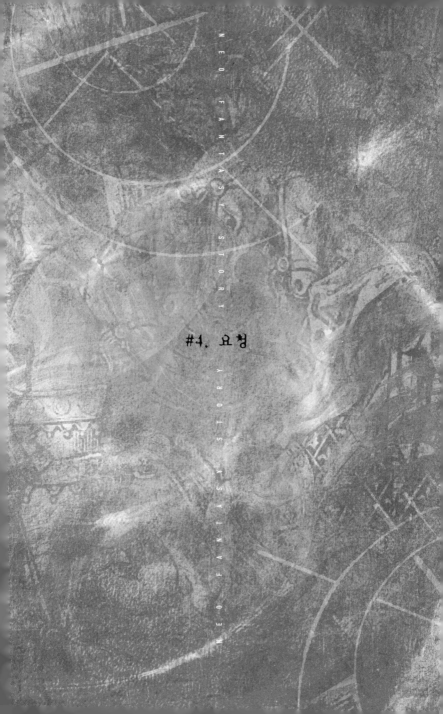

#4. 요청

#4. 요청

언제나와 같은 아침, 언제나와 같은 일상이 다시 시작되었다. 물론, 전과 다른 부분도 존재하기는 했다.

아카데미 입학으로 인한 케빈과 메리의 부재가 그 대표라 할 수 있었다.

하지만 이미 그 부분에 대해서는 적응을 한 상태였다. 그도 그렇게 아이들이 이곳을 떠난지도 어느덧 보름이 넘어가고 있는 까닭이었다. 결코 길지 않은 시간이었으나, 변화를 수긍하고 이해하며 적응하기에는 부족하지 않았다.

이는, 바로 전날까지 아이들과 함께 있다가 온 제튼과 셀린 역시도 포함되는 내용이었다.

그들 부부는 신입생들을 위해 마련된 3일의 시간을 전부 활용하고 왔다.

특히, 해가 떠 있던 시간은 아이들과 함께 보냈고, 해가 지고 아카데미 문이 닫힌 뒤에는 그들 부부만의 오붓한 시간을 지내면서, 실로 알찬 시간이었다.

어찌 보면 휴가처럼 여겨질 수 있는 부분이기도 했으나, 제튼에게는 생각보다 쉽지 않은 고역이었다.

그의 역할이라는 게, 대부분 수도 크라베스카의 안내역이나 다를 바가 없었기 때문이었다. 게다가 자금적인 부분에서 적잖게 타격이 컸다.

비상금에 대해서 알아버린 셀린이 대놓고 그의 주머니를 털었기 때문이다.

'메리는 거들뿐…'

그리고 케빈은 방관자였다. 그렇게 하루 종일 돌아다니며 안내역을 하고 나면 끝이냐? 그것도 아니었다.

카이든!

입학축하 선물이라고 해야 할까? 새벽 시간에는 아이의 대련상대가 되어줘야 했다.

그렇다고 이런 입학선물로 끝을 볼 수는 없었다. 그런 이유로 아이와도 오붓한 시간을 보내기로 했는데, 바로 전날, 입학식 3일째 되던 날의 오후 시간이 그렇게 사용되었다.

셀린과 케빈 그리고 메리에게는 따로 볼 일이 있다고 이야기를 하고 나왔다. 이 부분에서는 셀린에게 고마움을 느낄 수밖에 없었다.

그녀에게 진실을 일부 전한 것이다.

이미 제튼에게 따로 아이가 있다는 걸 알고 있는 셀린이기에, 수도에서 그 아이와의 만남을 이야기했다. 흔쾌히 등을 떠밀어주던 그녀의 모습에서 괜히 가슴이 찡해졌다고나 할까?

덕분에 그날 저녁에는 그녀를 위해, 남은 비상금을 싹싹 털어가며 최대한 기분 좋은 밤을 선사해줬다.

'기왕이면 호텔 특실로 잡았으면 좋았을 텐데.'

남은 돈의 한계선 때문에 최상의 방을 잡지는 못했으나, 그래도 제법 분위기가 잡히는 방을 구할 수 있었다.

그리고 그녀가 잠든 시간을 이용해 안락하게 이곳 아루낙 마을로 데리고 왔다.

잠에서 깬 뒤, 깜짝 놀라던 그녀의 모습을 생각하니 새삼 실소가 나왔다. 하지만 뒤이어 들어온 주변 풍경에 입꼬리가 추욱 처졌다.

테른 아카데미.

현재 그가 있는 장소로써, 오늘은 그의 수업이 있는 날이기 때문이었다. 주 2회 출근으로 바뀌어버린 탓에, 마을로 돌아오기가 무섭게 출근 준비를 해야만 했다.

"하아암…."

게다가 아침에 잠시 벨로아와 만남을 가지려 움직인 까닭에, 결국 수면을 취할 시간이 남질 않았다. 그 때문인지, 자꾸만 하품이 새 나와서 눈가에 수분이 마를 틈이 없었다.

"그나저나 카이든 그 녀석 참…."

전날, 아이와 보내던 시간이 생각났다.

〈남자 둘만 다니면 너무 삭막하잖아요.〉

그러면서 대뜸 오르카를 끌어들이는 게 아닌가. 딱 봐도 아이의 의도를 알 수 있었다.

'하긴 황제의 태도를 생각해보면, 오르카가 오히려 엄마처럼 느껴졌겠지.'

"후우…."

한숨이 절로 나왔다. 아이 뿐만 아니라 오르카의 감정 역시 잘 알기 때문이었다.

하지만 안타깝게도 쉬이 이뤄주기가 어려운 부분이었다. 그와 그녀 사이에는 천마라는 제 3자가 끼어있기 때문이었다.

'제 3자라… 오히려 내가 그 위치겠지.'

고개를 절레절레 흔들며 애써 그 부분에 대한 생각을 털어냈다.

"선생님."

190 · 마귀환록6

문득 들려온 외침에 시선이 돌아갔다.

"끄응…."

저 앞으로 익숙한 얼굴이 다가오고 있었다. 20대 중반
쯤 되어 보이는 청년이었는데, 바로 제튼의 첫 번째 정식
제자라 할 수 있는 쿠너 플란이었다.

"사모님과 여행은 잘 다녀오셨습니까?"

제튼과 셀린은 아이들의 아카데미 입학식이 아닌, 그저
부부간의 짧은 여행을 다녀온 것으로 되어 있었다.

수도까지의 거리를 생각한다면, 겨우 하루 이틀 사이에
왕복을 한다는 건, 일반적인 상식으로는 불가능한 일이기
때문이었다.

새벽시간에 움직인 탓에 그 출발을 본 사람은 아무도 없
었으나, 이미 전날 밤에 이야기는 해 놓은 탓인지, 별다른
문제가 되지는 않았다.

"그래. 잘 다녀왔다."

제튼이 가볍게 대답하며 쿠너의 얼굴을 바라봤다. 그러
며 대뜸 물었다.

"슬슬, 너도 그만 독립할 때 아니냐?"

이에 쿠너가 실실 웃으며 말했다. 여전히 그의 집을 찾
아와 귀찮게 구는 부분을 지적하는 것이다.

"에~이. 아직도 배울 게 한참 아닙니까. 더 가르쳐 주셔
야죠."

"어후… 지독한 놈. 징그러운 놈. 끈질긴 놈."

고개를 절레절레 흔든 제튼이 휙 하니 걸음을 옮겼다.
여전히 웃는 얼굴로 쿠너가 그 뒤를 따랐다.

"이제는 혼자서 가라. 혼자 갈 때도 됐잖아."

확실히 그 말처럼 쿠너는 누군가의 도움이 필요한 시기
는 이미 지나 있었다.

마스터!

무려 대륙의 별이라고 불리는 그 드높은 위치에 올라 있
던 것이다. 그것도 무려 2년 전의 일로써, 이후로도 꾸준
히 제튼에게 지도를 받아온 까닭인지, 온전히 제 경지를
재현하는 수준에 이르러 있었다.

"혼자라니요. 그 무슨 섭섭한 말씀을. 제가 아니면 누가
선생님 수발을 들겠습니까."

"쯧! 수발이라니. 그렇게 말하니까 내가 무슨 영감님처
럼 느껴지잖아."

"아니었습니까?"

"끄응…."

틀린 말은 아니었다. 어느새 마흔여섯의 나이였다. 기사
나 마법사처럼 조금은 남다른 세상에 있는 이들의 기준이
아닌, 일반적인 관점에서 보자면 그는 충분히 노년에 접어
들었다고 할 수 있었다.

그의 친우들 중에는 이미 손자를 보고, 거기에 더해 손

주들을 소학원에 등교시키는 녀석들도 있었다.

"쓸데없는 소리… 쯧! 그나저나 너 원래 목요일에는 수업 없지 않았냐?"

"선생님이 심심하실까봐 제가 이 한 몸 희생했습니다."

"어우! 지긋지긋한 놈."

표정을 구긴 제튼이 걸음을 빨리하며 앞서 나갔다. 쿠너가 실실 웃으며 뒤를 쫓았다.

"교사직은 언제까지 할 생각이냐?"

앞서가던 제튼의 물음에 쿠너가 어깨를 으쓱였다. 물론 그 모습이 보일 리는 없었다.

"할 수 있을 때까지요. 이게 생각보다 적성에 맞던데요. 추천해주신 선생님께 감사할 정도라니까요."

언제고 제튼이 쿠너에게 한 이야기가 떠올랐다.

〈이제는 배우기보다 가르치면서 깨우쳐라.〉

벽에 부딪쳐 꿍꿍 앓고 있던 쿠너에게 그 말과 함께 추천장을 내밀었고, 그게 바로 테룬 아카데미의 교사직으로 이어졌다. 실력은 충분했기 때문에 아카데미에서도 대환영이었다.

이후 조금씩 벽이 허물어지더니, 정말로 경지에 올라버렸다. 지금 와서 생각해도 탁월한 선택이었다고 여겼다.

"젊은 놈이 언제까지 이런 구석에서 웅크리고 있을 생각이냐. 바깥구경도 좀 하고 그래야지."

그 말에 쿠너는 과거에 제튼이 했던 독특한 속담을 떠올렸다.

'우물 안 개구리…였나?'

확실히 틀린 말은 아니었다.

'그렇다고 해서 우물 안 생활이 나쁜 건 아니잖아.'

우선 안락했다. 살던 곳만큼 좋은 데가 어디 있겠는가. 또한, 소중한 것들이 전부 이곳에 있기도 했다.

가족과 친구 거기에 스승 그리고,

'그녀도….'

이곳이야말로 그의 가장 소중한 세상일 것이다. 게다가 그 스스로도 바깥세상에 대한 동경이 없었다. 그의 꿈이 우물에 있는데 굳이 바깥에서 찾을 필요가 있을까?

'그리고… 우물이라고 해서 꼭 좁기만 한 것도 아니고.'

쿠너의 시선이 제튼에게로 향했다.

세상만큼 큰 사람.

그런 존재가 눈앞에 있었다. 우물이 너무 크니 밖으로 나갈 생각이 들질 않았다.

"그러고 보니 이번에 아주 재밌는 소식을 하나 들었는데, 알고 계십니까?"

"말해줘야 알지."

"철의 여인에 관한 소식입니다."

"…뭔데?"

쿠너도 바로 전날에 들은 따끈따끈한 소식이었다. 그의 집안의 정보력을 통해서 들은 내용인 만큼, 아직 바깥에 퍼질 이야기는 아니었다. 단지, 제튼의 특별함을 생각해서 이리 물은 것인데, 아무래도 아직 모르고 있는 느낌이었다.

"철의 여인에 대해서는 알고 계시죠?"

"뭐, 대충은."

검작공의 뒤를 이어 또 다른 여성 마스터가 탄생할지도 모른다고 여겨지는 여기사였다.

"메르테인 백작가의 딸이었지?"

제튼이 그렇게 말을 내뱉을 때, 마침 곁에 도달해 그의 얼굴을 바라보던 쿠너는 의외의 것을 봐 버렸다.

'눈빛이…'

마치 아련한 뭔가를 그리는 얼굴이었다.

철의 여인.

왠지 남성스러운 이름을 지니고 있었으나, 그 외모는 극히 아름답다. 하지만 그 검은 더없이 날카로우며 기세는 기사들을 압도한다.

트라셀 메르테인.

검작공의 뒤를 이을 재목이라고 알려져 있는 천재 여검사의 이름이었다.

제튼의 시선이 슬쩍 쿠너에게로 향했다.

"어찌 보면…."

나직이 그리고 조용히 흘러나온 한마디. 하지만 끝내지 못한 이야기.

'그 아이야말로 내 첫 번째 제자라고 할 수 있겠지.'

당연히 쿠너에게는 할 수 없는 내용이었다.

"선생님?"

제대로 듣지 못했다 여긴 쿠너가 고개를 갸웃거리며 시선을 보내왔다. 하지만 제튼은 이를 가볍게 무시하며 다시금 걸음을 내딛고 있었다. 그러면서 묻는다.

"그래서 철의 여인이 어쨌는데?"

"온다고 하던데요?"

"뭐?"

제튼이 깜짝 놀란 얼굴로 돌아봤다.

"여기를 온다고?"

"예. 정확히 여기, 테룬 아카데미로 온다던데요."

"…왜?"

"그건, 모르죠."

"허…."

뜻밖의 소식에 제튼이 멍청하니 그를 바라봐야만 했다. 그리고 이런 스승의 모습에 쿠너는 재차 확신할 수 있었다.

'인연이 있으시구나!'

집안 분위기와 달리, 그에게는 가벼운 화젯거리 수준의 관심이었던 철의 여인이었다. 하지만 지금 이 순간 그 여인에게 색다른 호기심이 생겨버렸다.

"허……."

여전히 멍청한 얼굴을 한 제튼의 모습이 그 호기심을 더욱 키워주고 있었다.

◈

이른 아침.

갑작스레 찾아온 방문자의 뜬금없는 이야기 때문일까? 기분이 영 껄끄러웠다. 친우에게서 뜯어낸 비싼 찻잎으로 마음을 달래보려 하지만, 생각보다 쉽지가 않았다.

"하필이면…."

벨로아는 고개를 절레절레 흔들며 창밖을 바라봤다.

"제튼 그 친구의 가족을 건드리려 했다니. 쯧!"

수도에게 벌어졌던 일을 들었다. 흑발사내의 정체가 궁금했던 까닭에, 도착하자마자 그를 찾아온 것 같았다.

하지만 벨로아는 쉬이 답해주기가 어려웠다. 제튼이 만났던 흑발사내와 관련된 정보는 결코 가벼운 게 아니기 때문이었다.

"로드를 만나야 하는가."

선뜻 발길이 가질 않았다. 그도 그렇게 최근 들어 그에게 직위를 물려주려는 낌새가 보인 까닭이었다.

'아직은 좀 더 자유분방하게 살고 싶으니.'

하지만 제튼이 언뜻 보였던 분노를 생각하자면 가만히 있을 수만은 없었다.

〈제 가족을 언급하더군요.〉

그 말과 함께 내비치던 오싹한 기세는 새삼 그의 특별함을 생각하게 만들었다.

"하필 제튼 그 친구와 엮일 건 뭐란 말인가."

고개를 절레절레 흔들던 그가 흑발사내를 비롯한 '그들'을 떠올렸다.

그들과 관련된 정보는 쉬이 입에 올릴 수 없기에, 제튼에게 명확한 답을 내어주지는 못했다. 하지만 전부를 감추기는 어려웠다. 때문에 단 한 가지 그의 질문에 응했던 게 있었다.

〈드래곤과 관련이 있습니까?〉

제튼은 물었고,

〈…그렇다네.〉

벨로아는 답했다.

"쯧! 아직 로드 자리에 오른 것도 아닌데, 벌써부터 이렇게 골 때리는 사건이라니. 후우…."

문득, 제튼이 내뱉었던 첫 물음이 생각났다.

〈그 놈, 정체가 뭡니까?〉

마기를 품고 있으면서 드래곤의 향기도 내비치던 흑발 사내에 대한 물음이었다.

당시에는 내뱉지 못했던 대답이 뒤늦게 흘러나왔다.

"드래고니안."

일족의 사생아라 불리는 존재들이었다.

◈

다그닥. 다각. 따그닥…

느긋하게 나아가는 마차 한 대와 이를 호위하듯 둘러싼 일단의 무리들이 보였다. 소수 인원의 이동이었으나, 그들 주변에서 느껴지는 묵직한 공기는, 얼핏 봐도 제법 명성이 있는 집안의 행렬이라는 느낌을 주고 있었다.

어느 집안의 행차일까?

호기심에 조금이라도 관심을 기울이다 보면, 마차 한편에 새겨진 문양을 발견하기에 이르는데, 그걸 확인하는 순간 저들의 무게감이 거짓이 아니라는 걸 깨닫게 된다.

메르테인 백작가!

제국의 명가로 꼽히는 이들의 행렬이라는 걸 알게 되는 순간, 마차에 타고 있는 인물에 대한 호기심이 생겨난다.

그도 그렇게 메르테인 백작가라고 하면 자연스레 떠오르는 여인이 있기 때문이었다.

　철의 여인!

　검작공의 뒤를 이을 여기사라고 알려진 그녀의 존재유무를 확인하고 싶어지는 건 당연한 수순이었다. 하지만 워낙 소수의 이동인 탓에, 그녀가 타고 있을 것이라는 확률은 그리 높아 보이지 않았다.

　하지만 반전이라고 해야 할까?

　마차 안에는 정말로 그 여인이 타고 있었다.

　트라셀 메르테인.

　철의 여인이라고도 불리는 새로운 별의 후보 중 한명이 바로 그녀였다.

　마차 안에는 세 명의 여인이 있었는데, 그 중 한명은 복장으로 봐서는 하녀인 듯 여겨졌기에, 남은 두 여인 중 한명이 철의 여인일 것으로 여겨졌다.

　헌데, 그 강렬한 칭호를 생각해본다면, 두 여인 중에는 철의 여인과 어울리는 이가 없었다.

　그도 그렇게 한 명은 더없이 청순한 외모의 은발여인이었고, 다른 한명은 귀엽다는 느낌이 분홍빛 머릿결의 여인이었기 때문이다.

　과연, 누가 철의 여인일까?

　굳이 꼽으라고 한다면, 아무래도 분홍머리의 여인이 더

확률이 높아보였다. 그도 그렇게 살짝 올라간 눈 꼬리가 귀여운 와중에도 강한 고집을 엿보이게 해 준 까닭이었다.

하지만 뒤이어 열린 분홍머리 여인의 한마디가 마지막 반전을 알려왔다.

"트라셀은 정말로 기사 할 생각이 없는 거야?"

그녀는 은발머리 여인을 바라보며 그리 말을 걸고 있었다. 그 말인 즉, 청순한 외모의 여인이 바로 철의 여인이라는 의미였다.

헌데, 이건 또 무슨 뜻인가. 기사에 대한 뜻이 없다? 철의 여인이라 불리며, 별의 후보로 꼽히는 여기사에게 이런 질문이라니. 어찌 받아들여야 한단 말인가.

"예."

은발의 여인, 트라셀이 그리 대답하며 분홍머리 여인을 바라봤다. 어느새 걸린 쓸쓸한 미소가 그녀의 기분을 말해 줬다.

"마이얀 언니도 아시잖아요. 전… 험한 행동은 못하는 걸요."

그 말에 마이얀과 하녀의 표정이 살짝 굳어졌다.

'거짓말! 신나게 패잖아.'

'잘 때리다 못해, 구타 수준이던데요.'

하지만 트라셀의 이야기는 끝난 게 아니었다.

"저는, 그냥… 아이들을 가르치는 일을 하면서 지내고 싶은 걸요."

그 때문에 테룬 아카데미를 찾아가는 것이기도 했다.

한참 제국을 뜨겁게 만든 새로운 교육시설, 소학원이 시작점이 바로 테룬 아카데미가 아니던가.

"아시다시피, 전 아카데미도 기사학부가 아니라, 일반학부 행정 분야를 수료했잖아요."

"그게 참 미스터리란 말이지."

분홍머리 여인, 마이얀은 신기하다는 얼굴로 트라셀을 바라봤다.

철의 여인이라고 불릴 정도로 대단한 명성을 지닌 여기사였으나, 사실 그 실체는 알려진 칭호와는 전혀 달랐다.

'하긴 아카데미 마지막에 벌어졌던 그 사건이 아니었더라면, 누가 저 아이의 숨겨진 얼굴을 알 수 있었겠어.'

나름 친하다고 자부하는 마이얀도 당시 사건이 있고서야 알게 된 부분이었다.

트라셀은 철의 여인이라는 이름과 달리, 기사학부가 아닌 일반학부 학생이었다.

누가 봐도 청순가련함이 넘치는 외모 때문일까?

일반학부의 꽃이라고도 불리던 여인으로써, 언뜻 일반학부를 대표하는 이미지도 가지고 있었다.

하지만 아카데미 졸업이 다가 올 무렵, 우연찮게 그녀와 친한 이들이 기사학부의 학생들과 마찰이 있었다. 당시 상황은 생각 이상으로 험악해졌고, 결국 그녀가 앞으로 나서야만 했다.

그리고 세상은 새로운 여검사의 출현을 알게 되었다.

당시, 마찰이 있었던 기사학부의 학생들 중에는 아카데미에서 손에 꼽힌다는 실력자가 포함되어 있었는데, 그 학생의 수준이 또 놀라웠다.

무려 익스퍼트급에 오른 것이다.

겨우 오러를 뽑아내는 수준이었으나, 20대 초반에 그러한 영역에 올랐다는 것만으로도 충분히 천재 소리를 들을 재목이었다.

헌데, 트라셀은 그런 상대를 너무도 가볍게 제압했다.

익스퍼트 급의 실력자 한명, 그에 근접하는 실력자도 무려 일곱 명.

8대 1의 전투.

그리고 압도적인 승리.

너무도 일방적인 그 장면에 누군가 이를 분석하며, 못해도 익스퍼트 중급 이상은 될 거라는 평가를 내릴 정도였다.

아카데미가 놀랐고, 제국이 경악했으며, 세상이 기겁했다.

이 사건은 제국의 다음 세대를 이끌어갈 새로운 별의 등
장을 예고하고 있었다.

덕분에 기사학부를 수료하지도 않았건만, 그녀는 철저
히 여기사로 띄워지며, 철의 여인이라는 칭호까지 얻는 웃
지 못 할 상황까지 이르게 되는 것이다.

"검을 들었을 때, 너는 정말로 철의 여인이라는 호칭이
잘 어울리는데. 검만 놓으면 이렇게 순해지니."

마이얀의 이야기에 트라셀이 예의 그 쓴 미소를 입에 그
리며 창밖으로 시선을 보냈다.

저 멀리 해가 떨어지고 있는 게 눈에 들어왔다. 오늘 중
으로 스테일 남작령에 도착할 수 있다는 소식을 들었지만,
아무래도 밤중이 되어서야 들어설 수 있을 것 같았다.

"그런데, 괜찮겠어요?"

문득 들려온 물음에 마리얀이 의아한 얼굴로 트라셀을
바라봤다.

"베르마인 후작님께서 아시면, 많이 놀라실 텐데."

원래 테룬 아카데미로 향하는 인원 중에, 마이얀은 포함
되어 있지 않았다. 하지만 우연히 백작가를 들린 그녀가
트라셀의 일정을 듣고는 자신도 함께 간다며 따라나선 것
이다.

"뭐, 출발하기 전에 연락은 보내 놨으니까. 괜찮아."

그녀의 이 자유분방한 태도에 베르마인 후작이 얼마나

골머리를 썩을지, 안 봐도 눈에 훤했다.

'하긴, 아카데미에서도 그랬으니.'

같은 일반학부의 학생인데다가, 1년 차이를 두고 학부를 대표하는 꽃으로 불리던 여인이었던 탓인지, 자주 마주하는 일이 많았고, 그러다 보니 그녀들은 제법 사이가 좋았다.

서로의 외모를 가지고 질투하거나 하는 성격이 아니고, 거기에 더해 꽃이니 뭐니 하는 주변 분위기에 취하지도 않다 보니, 그녀들이 친해지는 건 순식간이었다.

"아빠도 그렇게 꽉 막힌 성격은 아니니까. 이해해 주실 거야."

그녀의 이야기에 트라셀은 어색하게 웃었다.

'꽉 막혀 보이시던데요.'

몇 번 말을 나눠본 적이 있는 베르마인 후작은 제법 딱딱한 성격의 소유자였다. 때문에 마이얀의 존재가 의외라고 해야 할까?

부친과 전혀 다른 자유분방한 모습은 확실히 반전이었다.

최근에야 그 성격이 부친이 아닌 모친에게서 비롯되었다는 걸 알게 되었는데, 이를 통해서 한 가지 사실을 더 예측할 수 있기도 했다.

베르마인 후작의 공처가 설.

은연중에 돌고 있던 그 내용이 어쩌면 사실일지도 모른다는 생각이 들었다. 절반 이상은 확신하고 있었다.

'파티에서 분위기로는 애처가 느낌이었는데…'

의외로 공처가일지도 몰랐다.

"게다가 테룬 아카데미는 나도 한 번쯤 가봤으면 했으니까."

그곳의 교장인 아스트 어거르만 교장의 과거 명성에 호기심이 생긴 상황이었다.

이미 실력 있는 명사로 과거 이름을 날리던 아스트였으나, 은퇴했다고 알려지며 잊혀져버린 상태였다. 하지만 이번 소학원 정책을 시작으로 다시금 그의 이름이 알려지고 있었다.

명문 아카데미를 졸업했다고는 하나, 그 공부가 끝났다고 여기지는 않았다. 때문에 트라셀의 일정에 끼어든 것이다.

"정말 대단한 분이지. 소학원의 성공가능성을 충분히 알려서, 귀족들의 반발을 일시에 제압해 버리다니. 오히려 귀족들이 끼어들 수밖에 없도록 만든 부분에서는 박수를 쳐주고 싶더라."

이번 소학원 정책을 통해서 여러모로 아스트 교장의 존재는 특별해져 있는 상황이었다.

"그런데, 너… 정말 소학원에 들어갈 생각이야?"

마이얀의 물음에 트라셀이 고개를 끄덕이며 대답했다.

"예. 기왕이면 소학원이 시작점이라고 할 수 있는 그곳에서 아이들을 가르치고 싶어요. 들리는 이야기로는 아스트 교장님의 교육방침이 가장 잘 표현되었다고 하더라구요. 그곳에 제 자리가 있었으면 좋겠네요."

이번 일정으로 아예 다음 이야기까지 계획하고 있는 트라셀의 모습에, 마이얀은 도통 이해가 안 가는 얼굴로 입을 열었다.

"그 정도로 대단한 실력이 있으면서도, 굳이 아이들이나 가르치는 삶을 살겠다니. 너도 참 별종이다."

그녀의 이야기에 살포시 미소를 지은 그녀가 다시금 창 밖으로 시선을 보냈다. 어느새 붉은빛 노을 저 너머로 검은 어둠이 찾아들고 있었다.

❖

어느새 제튼이 수도에 다녀 온지도 일주일이 흘렀고, 다시금 그의 아카데미 출근 시간이 찾아왔다.

여느 때와 다름없이 가기 싫다는 마음을 온몸으로 표현하듯, 추욱 처진 어깨로 터벅터벅 아카데미에 들어서는데, 왠지 들뜨고 소란스러운 아카데미의 분위기로 인해 정문을 넘지 못한 채 걸음을 멈춰야만 했다.

'뭐지?'

의아한 마음에 잠시 아카데미를 살폈다. 그러면서 머릿속으로 한주간의 사건들을 떠올려봤다.

어지간하면 아루낙 마을을 벗어나지 않는 탓인지, 마땅히 떠오르는 게 없었다. 그래서 그냥 귀를 열어두기로 했다. 그리고 얼마 지나지 않아 그럴듯한 이유를 얻어들을 수 있었다.

"거 참… 귀찮은 일이 없어야 하는데."

한층 정문을 넘기가 어렵다는 생각을 했다. 그도 그렇게 귀에 담긴 정보가 아주 재미없던 까닭이었다.

철의 여인의 등장!

지난번에 이미 그 정보를 듣기는 했지만, 설마 이렇게 빨리 찾아올 줄은 몰랐기 때문이다.

'트라셀.'

어쩌다보니 그의 공부를 전수하게 된 여인이었다. 원하던 상황은 아니었으나, 당시 선택은 그가 한 것으로써 비공식 제자나 다름없었다.

'그때가… 8살이었나.'

길지 않은 시간이었고, 가르쳤던 부분도 그리 많지는 않았다. 하지만 아주 중요한 것이기도 했다.

물론, 당시 몸을 차지하고 있던 건 천마였기 때문에, 그가 직접적으로 가르친 것도 아니었다. 중간에 천마라는 제

3자를 통해서 그의 공부를 전한 것 정도였다.

'그렇게 하지 않았더라면….'

다시 생각해도 소름이 끼쳤다. 당시, 천마가 했던 이야기는 그 정도로 어마어마했다.

〈재밌군!〉

처음 트라셀을 마주했던 당시, 천마의 반응이었다. 그는 정말로 진한 호기심을 보이고 있었다. 어째서? 의문과 호기심이 차오를 즈음 천마가 관심의 이유를 밝혔다.

〈천살성(天殺星)이라니. 큭! 재밌어.〉

그를 통해 무림의 지식을 얻었고, 그 덕분에 천살성이라는 단어가 의미하는 바를 아주 잘 알고 있었다. 경악하는 제튼에게 천마가 결정타를 날렸다.

〈한 번 키워볼까?〉

희대의 살인마가 탄생할지도 모르는 순간이었다.

'그 귀여운 소녀가 피를 보면서 희열을 느끼는 모습이라니… 상상만으로도 소름이 끼쳤지.'

그래서 제튼이 천마를 막고 나섰다. 천마로도 골 때리는 상황에 무림의 마공을 익힌 천살성이 나타난다? 절대 막아야만 하는 상황이었다.

그의 반발에 천마가 내어놓은 제안이 아주 황당했다.

〈그러면 네가 만든 연공법이라는 거, 그걸 한 번 전수해 봐.〉

이유가 가관이었다.

〈싸구려들을 모아서 만든 네 연공법으로, 과연 천살성을 누를 수 있을까? 아주 재밌는 구경거리가 되겠어.〉

말 그대로 호기심이고 유희였다.

그리고 3개월여에 걸친 가르침이 시작되었다. 시간이 나는 대로 틈틈이 가르친 것뿐이었으나, 과연 천살성이라고 해야 할까?

천급의 재능!

기본적으로 천급에서도 하위의 재능은 타고 나는 게 천살성이었다. 최상위라는 천급의 상이 아닌, 중에 이른 재능이었으나, 확실히 하늘이 내린 재능답게 그의 가르침을 빠르게 받아 들였다.

그리고 3개월째 되던 날, 천마의 유희는 결과물을 내비쳤다.

〈축하한다. 네놈이 원하던 대로 됐군. 큭큭큭! 재밌군. 재밌어. 그 싸구려들로 만든 연공법이 땡중 놈들의 심법에 버금간다니. 크하하하!〉

조금씩 수면위로 부상하기 시작하던 천살성의 기운이 제튼의 연공법에 의해 다시 잠들었던 것이다.

천마가 바라던 결과가 아니었지만, 즐겁게 했다는 걸로 충분했던 것인지, 그는 박장대소하며 깔끔하게 유희를 끝마쳤다.

'가장 살 떨렸던 부분이었지.'

기분 나쁘다고 심상세계에서 두들겨 팰까봐 움츠러들었던 순간이기도 했다.

"그나저나… 언제까지 있을 생각이려나."

과거, 브라만 대공의 모습과는 다른 외모였으나, 그래도 혹시 모르는 불안감을 감추기는 어려웠다.

무려 천살성이 아니던가.

그들 천급 재능의 소유자는 여러모로 특별했는데, 이는 눈썰미에 관해서도 아주 남다른 부분이 있었다. 반쯤은 심안에 가까운 감각을 지니고 있는 것이다.

'최대한 피해다녀야지.'

그리 생각하며 정문을 넘는데, 저 멀리서 익숙한 외침이 들려왔다.

"선생님~!"

이제는 지긋지긋한 외침이었다.

'쿠너….'

제튼이 눈살을 찌푸리며 제자를 향해 시선을 돌렸다. 그리고 이내 턱을 떨쳐야만 했다.

'망할!'

쿠너의 곁으로 트라셀이 함께하고 있었다.

'아… 이 트러블 메이커!'

뒷목이 뻐근해져왔다.

트라셀이 비록 테룬 아카데미를 목적으로 왔다고는 하나, 그 위치가 스테일 남작령 내에 자리한 곳이니 만큼, 그곳 영지의 주인이라고 할 수 있는 스테일 남작에게 인사를 하지 않을 수는 없었다.

귀속이기에 더욱 그들 간의 예의를 차려주어야 하는 것이다. 그렇게 첫날은 도착과 함께 스테일 남작과 간단한 인사 후, 영주성 내에 마련된 거처에서 잠을 청했다.

이미 도착 전에 소식을 전한 덕분인지, 갑작스런 방문으로 인해 서로 불편을 겪는 사태는 일어나지 않았다.

그렇게 첫날을 보내고, 둘째 날은 스테일 남작과 가벼운 이야기를 나눈 뒤, 오후가 되어서야 테룬 아카데미로 출발을 할 수 있었다.

만남의 목적이 테룬 아카데미의 교장인 아스트 남작에게 있다는 것을 아는 듯, 스테일 남작이 직접 안내자를 붙여줬고, 덕분에 바로 교장과의 만남을 가질 수 있었다.

역시라고 해야 할까?

소학원이라는 특별한 교육시설을 구상하고 이뤄낸 존재답게, 아스트 교장과의 대화는 트라셀과 마이얀 두 여인에게 충분히 만족스러운 시간이 될 수 있었다.

그렇게 만족할만한 첫 만남을 가지고 이내 거처로 돌아왔다. 첫 만남부터 최종 목적이라 할 수 있는 소학원 관련 이야기를 꺼내기는 어렵다고 여긴 까닭이었다.

좀 더 시간을 들여 천천히 대화를 나누면서 이야기를 진행시키기로 한 것이다.

그렇게 두 번째 날을 보내고, 세 번째 날에도 역시 테룬 아카데미를 찾았다. 이번에도 아스트 교장과의 만남을 목적으로 방문한 것이다.

그리고 봐 버렸다.

'…누구?'

20대 중반쯤 되어 보이는 한 사내를 목격했다. 제법 곱상한 외모가 인상적인 20대 중반의 청년이었는데, 이상하게 시선이 갔다. 그리고는 이내 경악했다.

'이럴… 수가!'

무려 익스퍼트 중급을 넘어 상급을 바라보는 그녀의 감각이 어지럽게 흔들리고 있었다.

그녀의 시선이 등 뒤로 향했다. 그를 호위하고자 가문에서 붙여준 호위기사가 보였다.

익스퍼트 상급!

무려 백작가 내에서도 손에 꼽히는 실력자가 그 사내였다. 그녀도 승부를 장담하기 어렵다고 여기는 강자이지만, 쉬이 패배 할 거라는 생각도 들지 않았다.

하지만 저 앞의 청년은 달랐다.

'으음…'

필패!

이상하게도 승부에 대한 자신감이 전혀 생기질 않았다. 이 놀랍도록 독특한 경험에 적잖게 놀란 듯, 눈을 동그랗게 뜨고 있으니 옆에서 마이얀이 걱정스레 물어왔다.

"무슨 일이야? 몸이라도 안 좋은 거야?"

하지만 대답할 수가 없었다. 청년에게로 향한 집중이 그 질문을 흘려내 버린 까닭이었다. 그리고 이 덕분에 마이얀 역시 청년을 발견해버렸다.

'예쁘장하게 생겼네?'

귀족가의 파티에 파트너로 데려가도 괜찮을 것 같은 외모였다. 단지, 그 정도일 뿐이었다. 무언가 특별하다고 느껴질 수준은 아니었다.

'그런데… 트라셀이 관심을 가진다?'

아카데미에서부터 친하게 지내왔던 만큼, 그녀의 성격을 제법 잘 알고 있었다.

'한 번도 이런 적이 없었는데.'

호기심이 생기는 순간이었다. 돌연 트라셀이 움직이는 게 아닌가. 그러더니 대뜸 청년에게도 다가간다.

"안녕하세요."

"아… 예."

당황한 듯 고개를 갸웃거리는 청년의 모습에서, 그가 자신들을 모르고 있다는 느낌을 받았다.

"혹시, 성함을 알 수 있을까요?"

"…쿠너 플란입니다."

잠깐 주저하는 기색을 보이던 청년이, 이내 고개를 끄덕이며 자신을 소개했다. 그리고 그 이름이 트라셀과 마이얀의 뇌리에 강하게 인식됐다.

한 명은 혼란스러움에, 한 명은 호기심에, 그렇게 청년 쿠너를 눈에 담은 것이다.

이후, 두 여인의 정체를 알게 된 쿠너가 깜짝 놀란 얼굴로 다시 정식인사를 했고, 이 즈음에서 트라셀이 뜻밖의 제안을 하기에 이른다.

"아카데미 안내를 부탁드릴 수 있을까요?"

갑작스러운 그 제안에 스테일 남작이 붙여줬던 안내인이 당황스런 얼굴을 했으나, 이내 한 걸음 물러나는 것으로 트라셀의 뜻을 따랐다.

트라셀 일행에 쿠너가 합류하는 순간이었다.

그렇게 세 번째 날이 지나갔다.

그리고 네 번째 아침이 밝았다.

이 날은 그녀에게 뜻밖의 만남을 선사해주는데, 그것은 쿠너라는 새로운 일행 덕분에 성사되는 만남이었다.

갑작스레 트라셀 일행의 안내역할을 하게 된 쿠너는 적잖게 당황했다. 만남을 가졌던 그 날 하루만이 아니라, 다음 날에도 안내를 부탁한다는 소리에 얼마나 난감했었던가.

그렇지만 거부 할 수는 없었다.

메르테인 트라셀.

철의 여인이라는 명성 그 너머에 존재하는 그녀의 또 다른 힘을 알고 있기 때문이었다. 제국에서 손에 꼽히는 명가의 힘은 감히 함부로 무시할 수 없는 힘이 있었다.

특히, 상인 집안의 아들인 만큼 더욱 조심할 수밖에 없었다.

게다가 그녀 곁에는 베르마인 후작가의 영애까지 함께하고 있었다. 그의 선택지는 하나밖에 없었다.

'얼굴 좀 확인해 놓는 건데.'

부친이 이번에 방문하는 손님들의 얼굴을 알아놓으라며, 이미지를 담아놓은 수정을 들이밀었었는데, 만날 일이 있겠냐며 무시하고 나왔던 것이 뒤늦게 후회됐다.

만약 알고 있었더라면, 애초에 자리를 피해 이런 사태를 만들지 않았을 것이다.

두 여인에게 보이지 않도록 틈틈이 인상을 구겨대던 그

가, 저 멀리 익숙한 얼굴을 발견했다.

'역시!'

목요일과 금요일 이 시간에 정문으로 향하면 만날 수 있는 존재, 그의 스승이 저 멀리 보였다.

'오늘도 아슬아슬하게 도착하시네.'

수업 시간에 맞춰서 무거운 발걸음을 옮기는 스승, 제튼을 향해 쿠너가 힘차게 외쳤다.

"선생님~!"

그러며 걸음을 옮겨 다가갔다. 두 여인에게는 정문으로 향하기 전에, 그의 스승을 뵈러 간다고 미리 말을 해 놓은 상태였다.

일종의 문안인사와 같은 것으로써, 이렇게 직접 찾아가지 않으면 만나기 어려운 스승이기에, 시간에 맞춰 정문으로 향한 것이다.

스승의 얼굴을 보니 작게나가 기분이 풀렸다. 언제나처럼 그를 보며 인상을 구기는 모습이 또 웃음을 자아냈다.

'오늘은 평소보다 반응이 좀 재밌으시네.'

인상을 찡그리다 턱을 떨치는 모습에 재차 실소를 흘린 쿠너가 제튼에게 인사를 건넸다.

"오셨어요."

헌데, 제튼의 반응이 기묘했다.

'시선이…'

그가 아니라 그의 뒤편으로 향해 있는 게 아닌가.

'어라?'

의아한 마음에 슬쩍 그 시선을 따라가 봤다.

'…트라셀 양?'

문득, 지난주의 대화가 떠올랐다.

'그러고 보니 그녀를 알고 있는 눈치였었지.'

앞서 생겨났던 호기심이 다시금 올라오는 걸 느꼈다.

"선생님?"

그렇지만 우선 스승의 정신을 챙기고자 이렇게 재차 말문을 건넸다.

"어. 음. 그래."

하지만 대답을 하면서도 그 시선이 트라셀에게로 향하는 걸 느꼈다. 힐끔거리며 보는 것 같았으나, 유심히 지켜보는 쿠너에게는 그 모습이 세세히 잡혔다.

상황이 이렇다 보니 쿠너의 시선이 트라셀에게로 향하는 건 당연했다. 그녀의 모습을 조심스레 살피는데, 그녀의 반응이 또 의외였다.

'선생님과 전혀 다른데.'

제튼이 그녀에게 신경을 집중하는 것과 달리, 트라셀은 제튼에게 큰 관심이 없어 보였다.

'뭐지?'

의문을 품고 있는 그에게 마이얀이 다가오며 물었다.

"쿠너 선생님의 은사님께 저희도 인사를 드릴 수 있겠습니까?"

그제야 자신의 실수를 깨달은 쿠너가 급히 일행들의 소개를 시작했다.

"베르마인 후작가의 마이얀 양이십니다. 그리고 여기 이 분께서는 메르테인 백작가의 트라셀 양이라고 합니다."

쿠너가 가벼운 소개 후 한 걸음 물러나자, 그들 사이로 간단한 인사말이 오갔다.

"이곳 루마니언 지방을 대표하시는 검사님이라고 하시던데, 언제고 그 뛰어난 실력을 견식 할 수 있었으면 좋겠네요."

그 말과 함께 마이얀이 제튼에게 살포시 인사를 건네는데, 이는 그녀가 제튼의 실력과 명성을 알기에 내비치는 행동이었다.

비록 후작가의 영애라고는 하나, 당장 그녀에게 특별한 직책이 있는 게 아니기 때문이다.

그런 반면에 제튼은 이미 익스퍼트 상급으로 알려진 실력자였다. 정식으로 작위를 받지 않았음에도 불구하고, 그 정도의 강자라면 최소 남작의 권위는 누릴 수 있었다.

그리고 이 즈음해서 트라셀의 시선이 본격적으로 제튼을 쫓기 시작한다.

조금 전까지만 하더라도 쿠너에게 집중을 하다 보니 제대로 눈을 돌리지 못했었는데, 이렇게 정식으로 인사를 나누다 보니 새삼 쿠너의 스승이라는 존재에 대해 호기심이 일어난 것이다.

'익스퍼트 상급.'

충분히 그 정도 되어 보이는 실력자였다. 그의 호위기사와 마찬가지의 느낌이 났다. 쿠너에게서 느껴지던 감각과 비교해 봤다.

스승을 넘어서는 뛰어난 제자!

지금 당장 떠오르는 건 그것밖에 없었다. 하지만 그것도 잠시, 기이한 감각이 그녀의 전신을 장악했다.

'익스퍼트 상급?'

의문이 생겨났다.

'정말 익스퍼트 상급일까?'

분명 그녀가 느끼기에는 그렇게 여겨졌다. 하지만 한 줄기 의문성이 솟아올라 가슴을 두드리는 게 아닌가.

"무슨 생각을 그렇게 하고 있는 거야?"

하지만 그 의문은 길게 이어질 수 없었다. 그녀의 표정이 굳어있다고 여긴 마이얀이 말을 건네오면서, 한 줄기 상념을 흩어버린 것이다.

"아… 죄송합니다."

상대를 앞에 두고 아무런 반응도 없이 표정만 굳히고 있었으니, 상대가 불쾌하게 여겨도 할 말이 없는 상황이었다.

"하하! 괜찮습니다."

헌데, 상대편의 반응이 또 기괴했다. 시선을 살살 피하며 자리를 떠나고 싶어 하는 모습을 보이는 게 아닌가.

그 고개가 살짝 돌아가며 옆모습을 보는 순간이었다.

'…음?'

아련하니 기억을 두드리는 뭔가가 있었다. 흩어졌던 상념이 다시 모였다.

'이건…?'

오래전의 일이었다. 하지만 그녀의 인생에 큰 전환점을 가져다 준 사건이기에, 흐릿하게나마 그 당시를 잊지 않으려 노력해왔다.

"아!"

그녀의 두 눈이 크게 뜨였다. 이를 감지한 제튼의 표정이 와락 일그러졌다.

그와 그녀의 시선이 닿았다.

"…설마……."

그녀의 입이 열리며 흘러나온 단어 하나, 하지만 충분히 뜻은 통했다.

'들켰네. 젠장!'

제튼의 옆모습이 보기 좋게 구겨져 있었다. 일시지간 제튼이 보여준 반응이 그녀에게 확신을 던져줬을 것이다.

"수… 수업 시간이 다 돼서, 저는 이만…."

그 말과 함께 후다닥 자리를 피해버렸다. 당장은 그게 최선이었다.

[선생님!]

순간 귓전을 울리는 그녀의 음성에 무릎에 힘이 풀릴 뻔 봤으나, 애써 발끝에 힘을 주며 걸음을 옮겨갔다.

[나중에… 나중에 이야기 하자.]

그게 당장 해 줄 수 있는 내용의 전부였다.

"이… 이거 참. 하핫! 선생님 수업이 워낙 인기가 많아서요."

갑작스런 사태에 쿠너가 대신 변명을 하고 나섰다. 확실히 제튼의 지금 태도는 말썽이 생기기에 충분한 까닭이었다.

다행히도 트라셀은 그 부분을 걸고넘어질 것처럼 보이지 않았고, 마이얀은 트라셀의 반응에 묘한 흥미를 비치는 중이었으며, 그녀들의 호위는 묵묵히 자리만 지키며 자신들의 할 일에만 전념하고 있었다.

'으음….'

쿠너는 왠지 그 혼자만 바보가 된 것 같은 느낌에, 뒷머리만 긁적거릴 뿐이었다.

트라셀은 자신에게 약간 특별한 '병'이 있다는 걸 알고
있었다.

피와 살육 그리고 광기!

언제고 어린 날, 상처입어 아파하는 아기새를 보며 그
피에 침을 흘리던 걸 기억하고 있었다.

어느 순간부터 시작된 기이한 광기에 어린 아이는 두려
움보다는 즐거움을 느꼈고, 거부하기 보다는 받아들이는
걸 먼저 생각했다.

당연히 그렇게 해야 한다고 생각했다.

아마 그대로 자랐더라면, 희대의 살인마가 탄생했을 것
이다. 하지만 그 즈음에 뜻밖의 인물을 만나게 된다.

브라만 대공!

놀랍게도 그는 그녀의 몸 안에서 벌어지는 일을 정확히
파악하고 있었다. 그러면서 하나의 공부를 전해준다며, 이
를 꾸준히 하도록 지시했다.

거부권은 없었다. 반쯤 강제로 시작된 그 가르침은 그녀
에게 놀라운 변화를 가져다주었다.

광기에 취해가던 그녀의 이성이 조금씩 제 모습을 찾아
갔던 것이다. 그리고 다시 예전의 순수했던 눈망울을 되찾
았을 때, 그는 크게 웃으며 떠나갔다.

3개월 남짓의 짧은 가르침이었으나, 그 시간은 그녀의 일생을 크게 좌우했다.

이후로도 그가 전수해준 공부를 꾸준히 시행해왔고, 그 결과 20대가 넘기도 전에 익스퍼트 중급에 이르는 놀라운 경험도 하기에 이른다.

최근에는 상급의 영역에도 발을 들이고 있을 정도였으니, 그 공부의 대단함은 말로 표현이 부족할 정도였다.

하지만 안타깝게도 그녀 스스로는 검의 길에 뜻이 없었다.

어릴 적 그 광기의 흔적 때문일까?

오히려 검과는 거리가 먼 장소에 몸을 두고자 했다. 광기를 제압했다고는 하나, 여전히 그 기운은 몸 안에서 기생하고 있다는 걸 알고 있기 때문이었다.

아카데미를 일박학부로 간 것 역시 그러한 이유였다. 아이들의 교육으로 방향을 잡은 건, 그 순수성에 광기가 일부 정화되는 느낌이 한 몫 더했다고 할 수 있었다.

물론, 그녀 스스로도 그 일을 마음에 들어 하는 이유도 컸다.

'나를 나 자신으로 있을 수 있게 하는 곳.'

그런 장소를 찾기 위해서 이곳으로 온 것이다. 그리고 우연인지 운명인지 만나게 되었다.

'선생님…'

그녀가 스스로를 제대로 통제할 수 있도록 해 주었던 존재를 마주했다. 절로 가슴이 쿵쾅거리며 뛴다고 해야 할까?

문득, 그녀의 시선이 옆으로 돌아갔다. 교장의 지시로 인해 그들의 안내를 맡고 있는 기사학부의 교사 쿠너가 보였다.

새삼 그의 존재가 뇌리 깊이 각인됐다.

브라만 대공의 제자!

그것만으로도 이미 상대는 함부로 할 수 없는 위치의 신분이었다. 단, 오랜 시간 자취를 감춘 채, 마치 은퇴라도 한 것 마냥 조용히 지내는 대공의 태도를 생각해본다면, 이 부분에 대해서는 섣불리 입에 올리면 안 될 것 같았다.

때문에 그저 묵묵히 지켜만 볼 뿐이었다. 그리고 이런 그녀의 시선에 쿠너는 조용히 뒷머리만 긁적거릴 뿐이었다.

그리고 한쪽에서는 마이얀이 이들의 모습을 아주 흥미롭게 지켜보고 있었다.

❖

정말 오랜만이었다. 아니, 어쩌면 처음일 것이다.

'수업이 끝나는 게 이렇게 싫어질 줄이야.'

제튼은 자신의 이 웃기지도 않는 반응에 쓰게 웃으며 목
검을 내려놓았다. 바라고 바랐지만 이미 수업은 끝을 맺어
버렸다. 밖으로 나가는 시간을 조금이라도 더 끌어보고자,
평소 하지도 않던 연무장 정리까지 하고 있었다.

'설마, 아직도 내 모습을 기억하고 있을 줄이야.'

뿐만 아니라 천살성의 특별한 감각 덕분인지, 그의 변한
모습까지 꿰뚫어 본 듯싶었다. 여러모로 귀찮은 사태가 벌
어질 수 있다는 불안감이 생겼다.

'얼추… 8년만인가.'

그의 정체가 들통 났던 걸 계산해보니, 그쯤 된 것 같았
다. 최근 수도에서도 들켜버린 기억이 있었으나, 당시와는
상황 자체가 달랐다.

'거 참…'

도망치고 싶은 마음이 한 가득 이었으나, 하필이면 트라
셀의 곁에 쿠너가 있어서 그러기도 힘들었다. 혹여 그가
피했다가 쿠너와 이야기를 나누는 상황이 온다면?

그러다 쓸데없는 이야기까지 전부 나누게 된다면?

'어후…'

상상만으로도 몸서리가 쳐졌다. 특히, 그에 대해서 호기
심이 가득한 쿠너라면 옛 과거에 관한 이야기도 끄집어낼
지도 몰랐다.

"할 수 없나."

고개를 절레절레 흔든 그가 추욱 처진 걸음걸이로 연무장을 나섰다.

'어째 오늘따라 나오기가 싫더라니.'

그의 이런 마음을 셀린이 듣는다면 코웃음을 치며 한 소리 했을 터였다.

〈오늘만? 매번이겠지!〉

맞는 말이기는 했다. 항상 출근길만 되면 걸음이 무겁던 걸 생각하면, 그런 소리를 들어도 할 말은 없었다.

연무장을 나서기가 무섭게 원치 않은 만남이 찾아왔다.

'트라셀.'

그녀가 기사학부 연무장 주변을 돌아다니고 있는 게 아닌가. 그를 기다리고 있는 것일지도 모른다는 생각이 들었다.

하지만 이건 그가 원하던 만남이 아니었다. 그녀가 홀로 있을 때, 따로 찾아가서 이야기를 나누려던 게 그의 계획이었다.

이런 부분을 알리려는 찰나였다. 뜻밖의 인물이 먼저 그에게 다가왔다.

'베르마인 후작의 딸인가.'

이래저래 귀를 열어놓은 덕분에, 그녀와 관련된 정보 역시도 작게나마 얻을 수 있었다. 겨우 이름 뿐이었으나 그걸로도 충분했다.

'그러고 보니, 메르테인 백작과 베르마인 후작이라면…'

둘 다 중도파의 귀족들이었다. 저들의 인연 고리도 제법 이해가 갔다.

"앞서 인사를 드렸었던 마이얀 베르마인 이라고 합니다."

웃으며 말을 건네 오는 그녀의 태도에서, 지금 이 만남을 의도한 게 그녀라는 걸 알 수 있었다. 확실히 트라셀의 눈빛에서 제법 당혹스러운 기색이 느껴졌다.

"제튼 반트 선생님의 수업이 끝나기를 기다리고 있었습니다."

두 눈을 반짝이며 그리 말을 건네 오는 마이얀의 모습에서, 제튼은 당장 이 자리를 피하기는 어렵다고 느꼈다.

"베르마인 영애께서는 무슨 볼 일이 있으셔서 저를 기다리셨는지요?"

최대한 정중하게 예의를 갖추며 그녀에게 물음을 던졌다. 그러자 이어지는 마이얀의 이야기가 제법 파격적이었다.

"선생님관 저희 베르마인 가문의 검술 훈련에 관한 이야기를 나누고자 이렇게 기다리고 있었습니다."

"…검술 훈련이라니요?"

"직접적으로 말씀 드리지요. 저희 가문의 훈련 교관으

로 모시고자 합니다."

이 무슨 기겁할 발언이란 말인가. 제튼이 깜짝 놀라서 쿠너를 바라봤다. 그 역시 전혀 몰랐다는 듯 눈을 동그랗게 뜬 채 제튼을 마주보고 있었다. 혹시나 싶어 트라셀을 바라보니, 그녀 역시 적잖게 놀란 얼굴로 마이얀을 바라보고 있었다.

"그…게 무슨 말씀이신지요? 저처럼 부족한 사람에게 베르마인 가문의 교관이라니요. 너무 과한 청이라서 제대로 이해하는 것도 버거울 지경입니다."

최대한 나약한 모습을 연기하며 벌벌 떠는 기색을 보여줬다. 하지만 마이얀은 그런 그의 모습이 속지 않았다.

베르마인!

그 무거운 성이 그녀와 함께한다. 말인 즉, 그녀에게도 나름의 호위기사가 붙어 있다는 의미였다.

외부에 비쳐지기로는 트라셀의 여정에 끼어든 상황이기에, 메르테인 백작가의 호위 기사들에게 한 발 양보한 채, 호위의 중심을 내어준 상태이기는 했으나, 그녀를 지키는 호위가 전혀 없다는 건 아니었다. 아니, 없을 수가 없었다. 베르마인의 성이 그녀와 함께하기 때문이다.

그리고 이런 호위들의 실력은 트라셀의 호위들 못지않은 실력자들로 구성되어 있었다.

익스퍼트 상급!

그녀 역시 뛰어난 실력자의 보호를 받고 있었다. 그리고 그런 실력자에게 전해들은 쿠너의 정보는 의외의 것이었다.

〈가늠하기 어렵습니다!〉

감각만을 놓고 본다면, 지닌바 실력 이상이라고 알려진 호위 대장이었다. 믿기지 않았으나 관념에 사로잡혀 눈을 가리고 싶지는 않았다.

그리고 이런 상황 때문에 평소 모습을 드러내지 않던 그녀의 호위들이 제법 거리를 좁힌 채, 하나 둘 얼굴을 내보이고 있을 정도였다.

그러한 상황을 만들어낸 쿠너의 스승이 눈앞에 있었다.

〈소문대로입니다.〉

제튼 반트에 대한 호위 대장의 평가였다.

'스승을 뛰어넘는 제자!'

자연히 쿠너에 대한 호기심은 매 순간 커져만 가고 있었다.

'장수를 잡으려면 먼저 말을 쏘라고 했지.'

그런 이유로 제튼에게 먼저 운을 띄운 것이다.

"이미 이곳 루마니언 지방에서 알아주는 명사이신 제튼 선생님의 명성이라면, 저희 후작가의 훈련도 잘 보아주실 수 있으실 것 같군요. 게다가 여기 쿠너 선생님을 훌륭히 가르치신 제튼 선생님의 능력이라면, 저희 가문에서도 충분히 배울 점이 많다고 생가하고 있답니다."

그 순간 제트의 눈에 작은 불빛이 반짝였다.

'쿠너였구나.'

찰나간에 비쳤던 기색으로 인해, 눈앞에 있는 여인의 목적이 쿠너에게 있다는 걸 깨달은 것이다.

확실히 제튼의 예상은 틀리지 않았다. 단, 제튼에게도 상당한 관심이 있다는 게 미묘한 차이였다. 그녀는 쿠너라는 장수를 잡고자 제튼이라는 말에게 화살을 쐈다.

'하지만… 의외로 말하고 장수의 눈높이는 같다고 했었지.'

누가 맞건 상관이 없다는 의미였다.

그녀의 호위대장인 '알탄'의 이야기대로라면, 쿠너는 분명 대단한 실력자일 게 분명했다.

'익스퍼트 최상급.'

알탄이 가늠하기 어렵다는 부분에서 이미 그 정도는 염두에 두고 있어야 했다.

마스터?

'거기까지 생각하기에는 너무 어려.'

관념을 버려야 한다지만, 그래도 연령대를 생각한다면 너무 과한 생각이었다. 때문에 이 부분은 약간 허황되다 여기며 제외시키고 있는 생각이기도 했다. 하지만 일말의 가능성 정도는 속에 품고 있었다.

어쨌든 익스퍼트 최상급만 되어도 감당하기 어려운 대단한 실력자였다. 그런 실력자를 키워낸 명사를 초청한다?

'가문에도 큰 도움이 되겠지!'

쏘아낸 화살에 쿠너가 맞건 제튼이 맞건, 그녀에게는 충분히 흥미로운 상황이 펼쳐질 터였다.

"부족한 저를 좋게 보아주셔서 감사합니다. 하지만 제 스스로의 능력을 잘 알고 있는 탓에, 감히 그 제안을 받아들이기가 쉽지는 않군요."

제튼은 그리 이야기를 하며 마이얀의 눈치를 살폈다. 이 정도로는 떨쳐질 것 같지 않다는 느낌이 왔다. 역시나 싶은 마음에 확실한 '딜'을 제안했다.

"그런 의미로 여기 이 녀석을 추천하고자 합니다. 이미 기사의 자격을 얻은 아이로써, 그 실력은 제가 감히 장담하겠습니다. 아직 드러나질 않아서 그렇지, 이곳 루마니언에서 작은 명성을 얻고 있는 저보다 더욱 대단한 녀석이지요."

그렇게 말하며 쿠너의 어깨를 짚으니, 과연 마이얀의 눈가에 만족스런 빛이 어렸다. 쿠너가 무어라 말문을 열려했으나, 제튼이 이를 막으며 말을 이었다.

"너도 이제 그만 세상에 나가봐야 하지 않겠느냐. 언제까지 이곳에서 세상을 평가하려 하느냐. 기왕이면 네 눈으

232 마귀졸록6

로 더 넓은 하늘을 살피고 왔으면 좋겠구나."

그리 말하며 쿠너에게 시선을 보내는데, 제자의 눈빛이 상당히 불순했다.

'나… 날 팔아먹다니!'

한 눈에 보기에도 느껴지는 원망의 눈초리에 제튼이 슬쩍 시선을 피했다.

'미안하다.'

마음으로 용서를 빌던 제튼의 시선이 트라셀과 잠시 마주쳤다. 마치 못 볼 것을 본다는 그녀의 눈빛에 재차 양심이 아려왔다.

'서… 선생님이… 변하셨어!'

그녀의 마음이 전달되어 왔다. 확실히 그녀가 아는 제튼은 '브라만 대공'의 모습이기에, 여러모로 지금 보여준 모습과는 다를 터였다.

과거, 트라셀에게 공부를 전하던 당시, 제튼의 지식을 전한 것이라고는 하나, 그 때는 분명 천마가 육신을 지배하던 무렵이었다. 결국 그녀가 기억하는 건 제튼이 아닌 브라만 대공인 것이다.

적잖은 충격에 빠진 듯, 그녀의 두 눈은 반쯤 풀려 있었다.

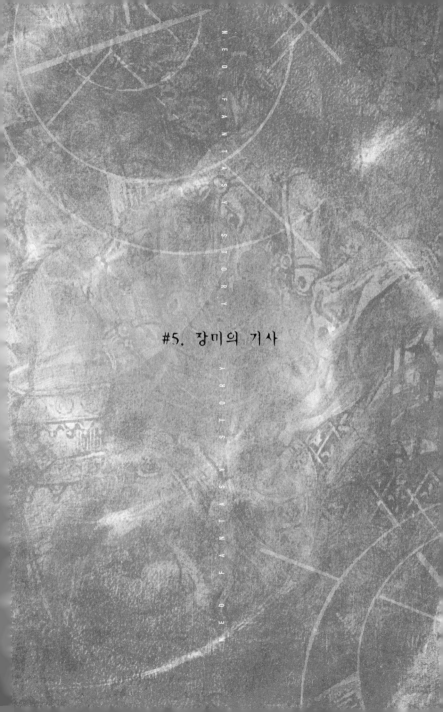

#5. 장미의 기사

#5. 장미의 기사

제국 전쟁의 대 영웅.

살아있는 대륙의 전설.

첫 번째 별 브라만 대공!

그 어마어마한 명성을 귀로 듣는 정도가 아니라, 직접 눈으로 보고 겪었던 과거가 있었다.

트라셀에게는 아주 소중한 추억의 한 부분으로써, 언제나 떠올리려 노력하며 뇌리 한편에 고이 새겨두는 기억이었다.

헌데, 그 과거의 풍경이 환상이기라도 한 것 마냥, 눈앞에 나타난 제국의 전설은 옛 모습과 너무도 다르게 변해 있었다.

분명 오랜 시간이 흘렀다.

그렇다고는 하나, 사람이 이 정도로 바뀔 수도 있는 것일까?

오후에 있었던 일을 생각하면 그녀가 꿈을 꾼 것인가 싶을 정도였다. 하지만 이렇게 늦은 밤, 따로 그와 만남을 가지고 보니, 오히려 앞서의 모습은 약과라는 생각마저 들었다.

"하핫! 이것 참. 오랜만이다."

우선, 과거와 다른 이 어수룩한 느낌의 웃음은 무엇인가.

"그동안 잘 지냈니?"

또한, 이 따뜻한 음성은 또 어찌 설명해야 할 것인가.

'마치…'

전혀 다른 사람을 마주하는 것 같은 느낌마저 들었다. 차가운 눈빛에 약간은 냉소적인 미소를 걸친 옛 모습이 좋다는 건 아니다. 하지만, 그래도, 그녀에게는 분명 소중한 추억이며 기억이었다.

때문에 이런 변화한 모습이 어색한 건 어쩔 수가 없었다. 물론, 그렇다고 해서 눈앞의 존재가 전설이라 불리는 브라만 대공이라는 걸 의심하지는 않았다.

"많이… 변하셨네요."

그래도 이 정도 의문은 제기할 수밖에 없었다.

"뭐… 시간이 시간이니까."

제튼이 그 말과 함께 어깨를 으쓱인다.

9년 전, 잠시 수도에 방문했던 걸 모르고 있다는 가정 하에, 그는 제국에서 벌써 11년 전에 자취를 감춘 존재였다.

실질적으로 전면에 드러나지 않은 기간까지 합친다면, 거기서 1, 2년 정도는 더해도 이상하지 않았다.

"그렇군요."

다행히 트라셀은 고개를 끄덕이며 납득해 주고 있었다. 물론 완전히 이해하지는 못한 듯 비쳐지기도 했으나, 저 정도면 이에 관해서 더는 언급하지 않을 것 같았다.

"그나저나… 밤늦게 찾아와서 문제되는 건 아니겠지?"

제튼의 물음에 트라셀이 고개를 저었다.

"설마, 그럴리가요. 차라도 한 잔 내어드려야 하는데, 아무래도 선생님이 그걸 바라는 것 같지는 않으니, 그냥 이대로 대화를 나눠야겠네요."

그녀의 말처럼 제튼은 현재 월담을 한 상태였다. 현재 그녀가 머무는 장소는 스테일 남작성의 동쪽에 마련된 별관이었는데, 단 둘이 이야기를 나누고 싶었기에, 굳이 어둠을 틈타 이렇게 찾아 온 것이다.

당연히 그의 방문을 아는 사람이 있을 리가 없었다. 트라셀에게만 기척을 알렸기에, 급하게나마 잠옷 차림에서 복장을 정리하고 맞이할 수 있었다.

사실, 이 부분도 트라셀에게는 적잖게 충격이었다. 그 당당하던 브라만 대공이 월담이라니. 어찌 상상이나 할 수 있었겠는가.

내심, 나중에 이야기를 나누자고 한 뒤로 소식이 없어, 오늘은 날이 아니라고 여기던 찰나였다. 헌데 그런 와중에 일이 벌어졌으니, 더욱 당혹스런 마음을 감추기가 어려웠다.

"몸은 어떠냐?"

문득 날아든 제튼의 물음에 그녀가 의아한 눈빛으로 바라봤다.

"아직도 '질병'이 발작하느냐?"

천살성의 기운을 말하는 것으로써, 과거 제튼은 이를 정확히 설명하기가 어려워, 의도적으로 그녀에게 특수한 '병'이라고 이야기를 한 상태였다.

물론 천마의 입을 통해서 전달된 내용이기에, 부드럽게 전달이 되지는 않았다.

"아니요. 하지만…."

말끝을 흐리는 그녀의 모습에서 제튼은 이해했다는 듯, 작게 고개를 끄덕이며 말했다.

"간혹 발작증상이 나온다는 거구나."

"…예."

제튼이 잠시 천마의 지식을 뒤적이며 생각을 정리했다.

그러며 하나의 가설을 내어놓았다.

"혹시 검을 들 때 발작증상이 일어나더냐?"

"어찌…그걸."

"그 질병에 대해서 가르쳐 준 게 나라는 걸 잊었구나."

"…아!"

새삼스런 얼굴로 트라셀이 시선을 보내왔다.

"그렇다면 걱정 마려무나. 충분히 양호한 상태니까."

당연히 트라셀의 얼굴에는 의문이 차오를 수밖에 없었다. 그도 그렇게 검을 들 때면 일어나던 그 아찔한 감각을 어찌 양호하다 할 수 있단 말인가.

익스퍼트 중급을 넘어 상급을 바라보는 실력자로 하여금, 스스로 검을 들기 무섭게 만들던 그 상태가 양호한 상태라니. 이건 아무리 생각해도 이해하기 어려웠다.

이런 그녀의 눈빛과 표정, 분위기 등에서 충분히 의문을 이해한 듯, 제튼이 고개를 끄덕이며 질문을 던져왔다.

"내가 가르쳐 준 호흡법은 얼마나 했느냐?"

"지시하신 것처럼, 해가 뜨는 시간과 지는 시간에 맞춰서 했습니다."

"그래. 그렇게 지시했었지."

고개를 끄덕이던 제튼이 재차 질문을 던졌다.

"그 외의 시간에 한 적은 없느냐?"

"…있습니다."

"해가 하늘 정 중앙에 떠 있던 시간과 달이 정 중앙에 떠 있던 시간이냐?"

그 말에 트라셀이 깜짝 놀라서는 제튼을 바라봤다. 천마의 지식 창고를 뒤적였던 결과 그대로였다. 제튼이 쓰게 웃으며 고개를 흔들었다.

"질병의 기운 역시 함께 움직였기에, 그 시간에는 호흡을 중단했겠지?"

"…예."

"그리하면 안 되는 것이다."

"어찌, 그 이유가 무엇입니까?"

질문을 던지면서도 이 상황을 이해하기 어렵다는 듯, 입술을 잘근 깨무는 트라셀의 모습에 제튼이 나직하니 한숨을 내쉬며 입을 열었다.

"후우… 이제는 너도 짐작하고 있겠지만, 내가 너에게 가르친 공부는 기사들이 오러를 쌓기 위해 익히는 연공법이다."

그건 트라셀도 잘 아는 부분이었다. 그가 전수한 공부를 통해서 철의 여인이라 불리고 있는 상황인 만큼, 모르는 게 이상할 정도였다.

"그것은… 아마 대륙 전체를 놓고 봐도 손에 꼽히는 연공법일 것이다."

확실히 인정하는 부분이었다. 그렇지 않고서야 트라셀

의 나이에 익스퍼트 상급의 경지를 개척할 수 있을 리가 없기 때문이다.

"뛰어난 연공법은 간혹 그 스스로 진화를 하고는 하는데, 너는 그 진화의 순간을 거부했다."

"거부…라고요?"

"내가 가르쳐 준 시간 외에는 연공을 하지 않았겠지?"

"…예."

"그게 거부를 의미한다."

"하지만 그건…."

"병이 발작을 일으켜서? 확실히 네게는 두려울 수밖에 없는 상황이었을 게다. 하지만 말이다. 만약, 그 연공법의 진화에 질병이 최후의 발악을 한 것이라면 어떻겠느냐?"

순간 트라셀의 동공이 크게 확장됐다.

"마치, 생이 다하기 전 마지막 불씨를 태워내는 이들의 모습처럼, 너의 질병 역시도 그 같은 행동한 것이라면 어떻겠느냐?"

제튼의 이어지는 질문에도 트라셀은 답을 하지 못했다.

"내가 너에게 가르친 연공법은 질병의 발작을 억누르고, 이를 이겨내도록 하기 위한 공부다. 대개의 연공법이 그러하듯, 일정 수준이 넘어서면, 자연스레 그 다음의 영역에 발을 들이고자 한다."

이는 트라셀의 연공법 역시 그러했다. 아니, 연공법이 그렇다기 보다 트라셀의 상태가 그렇게 변한 것이다.

"네 본능이 스스로 깨달아 연공법의 발전 가능성을 알게 되었을 게다."

자연스레 기운에 민감해진 육신은 제튼이 지정한 시간 외에도 연공에 어울리는 시간대를 찾아냈을 것이다.

"하지만 너는 연공으로 다져지고 발전한 본능의 외침보다, 질병의 몸부림에 먼저 귀를 기울였다."

그 결과 트라셀은 여전히 질병의 발작에 두려워하며 움츠러든 생활을 하고 있었다.

"언제나 안전한 길만 걸으려고 하질 않았는가. 이 부분에 대해서 한 번 생각해 봤으면 좋겠구나."

사실, 천살성의 기운이 일어났던 걸 최후의 몸부림 정도로 치부하기에는 어려움이 있었다. 하지만 분명 연공법으로 쌓은 기운이 천살성의 광기를 크게 억누르고 있던 것역시 사실이었다.

문득, 저쪽 세계의 속담이 하나 떠올랐다.

'물 들어왔을 때 노 저으라고 했던가.'

그 말처럼 연공법의 기운이 크게 성했을 때, 천살성을 제대로 눌러줬더라면, 지금보다 더 나은 상황을 이뤄낼 수 있었을 터였다.

그의 이야기에 적잖은 충격을 받은 듯, 흔들리는 동공으로 힘겹게 시선을 던져오는 트라셀의 모습이 보였다. 그런 그녀를 유심히 지켜보던 제튼이 작게 한숨을 내쉬었다.

'후우… 제대로 공부를 이뤘더라면.'

천살성의 기운을 온전하게 통제할 수 있는 경지에 올랐을 터였다.

극마(極魔)!

또는 화경(化境)이라고 불리는 영역으로써, 이쪽 세상으로 치자면 '마스터'라고 불리는 지고한 경지였다.

인간이라는 존재로 닿을 수 있는 마지막 영역으로써, 그 너머의 세상에 발을 내딛고자 하는 경지인 만큼, 천살성에 담긴 살육의 기운을 충분히 통제하는 게 가능한 위치였다.

하지만 트라셀은 한 순간의 두려움으로 인해, 그 드높은 영역에 닿을 기회를 내버리고 말았다.

그가 가르쳐준 공부는 천마마저도 인정을 했던 것이었다.

'제대로 했더라면 이미 마스터에 올랐어야 하건만, 여태껏 익스퍼트 상급에도 제대로 오르질 못했다니.'

천살성이 비록 독을 품은 위험한 체질이라고는 하나, 그로 인해 부여된 재능은 하늘이 내렸다고 하는 '천급'의 것으로써, 실로 놀랍다 할 수 있는 영역에 존재했다.

"그러면… 저는, 어떻게… 해야 하나요?"

당혹감에 물든 그녀의 질문에 제튼이 쓰게 웃으며 역으로 되물었다.

"설마, 몰라서 묻는 건 아니겠지?"

"늦지… 않았을까요?"

"뭐, 조금 주저한 덕분에 네 병의 기세가 조금 살아난 것 같기는 한데, 그 정도는 문제없을 거다."

여전히 연공법의 순정한 기운에 제압당한 상태나 다름 없었다. 검을 들 때에만 모습을 드러낸다는 게 그 증거였다.

이 역시 천살성으로 인해 타고난 재능과 연공법으로 쌓인 순정한 기운 덕분이었다.

'그래도 지시한 만큼이라도 꾸준히 연공을 해서 다행이네.'

아직 흔들리는 감정을 추스르지 못하는 듯, 하얀 안색을 보고 있던 제튼이 슬쩍 그녀의 어깨를 두드리며 기운을 불어넣었다.

"아!"

그녀가 깜짝 놀라서 쳐다봤다. 그도 그럴게 어깨로 스며 드는 기운이 너무도 익숙한 까닭이었다.

이는 천마신공의 기운이 아닌 제튼 스스로가 연공으로 쌓은 기운으로써, 그녀에게 전수한 연공법의 원류라고 할 수 있었다. 자연스레 그녀의 기운도 일어나며 내부를 다스리니, 한층 빠르게 감정정리를 마칠 수 있었다.

이후 잠시간의 침묵이 흘렀으나, 제튼은 굳이 무어라 말문을 열지 않았다. 감정을 정리했으니 생각을 정리할 시간이 필요하다 여긴 까닭이었다.

어느 정도 시간이 흐르고, 생각을 마친 듯 트라셀이 그를 향해 정중히 고개를 숙여왔다.

고개를 끄덕인 제튼이 슬슬 이곳 생활에 대한 주의사항을 이야기하려는 찰나였다.

"그런데… 그분은, 쿠너 선생님은 괜찮으실까요?"

갑작스런 그녀의 물음에 제튼이 눈을 동그랗게 떴다.

"그놈이 왜?"

"마이얀 언니가 귀찮게 하는 건 아닐까 싶어서요."

이에 제튼이 쓰게 웃으며 뒷머리를 긁었다. 뜬금없이 베르마인 후작가에 발을 들이게 생긴 쿠너의 현 상황이 떠오른 까닭이었다.

생각해보면 그의 귀찮음 방지를 위한 희생양으로 쓰인 것이 아니던가. 양심이 쑤시는 건 어쩔 수가 없었다.

"뭐… 괜찮을 거다."

'후작가의 훈련 교관이면 출세한 거지.'

최대한 긍정적으로 생각하며 스스로를 변호할 뿐이었다.

어쩌다 이런 상황이 펼쳐진 것인지 모르겠으나, 쿠너는 현 상황이 매우 난감하다는 걸 절실히 깨닫고 있었다.

'하필… 베르마인 후작가라니.'

무려 중립파의 중추적 역할을 하는 가문 중 한곳이었다. 확실히 제국의 권력을 양분하고 있는 건 바로 황제파와 귀족파지만, 그렇다고 해서 중립파의 세력이 약한 건 아니었다.

특히, 한 개 지방 세력을 벗어나기 어려운 약소 상단의 자제로써, 그들 권력가의 힘을 외면한다는 건 불가능에 가까웠다.

그런 만큼 마이얀의 제안은 실로 무시무시하게 느껴질 수밖에 없었다.

"미치겠네."

절로 앓는 소리가 새나왔다.

"뭐… 피할 방법이 아주 없는 건 아니지만."

그 첫 번째로 실력을 드러내는 것이다.

마스터!

대륙의 별이라고도 불리는 그 절대적인 위치는 무려 백작급의 파워를 지니고 있었다.

지닌바 위치에 따라서는 충분히 후작의 작위 역시도 얻

어낼 수 있는 존재, 그게 바로 대륙의 별이라 불리는 마스터의 위치였다.

당연히 그의 실력이 드러나면 후작가의 훈련 교관이라는 위치로 잡아두기는 어려웠다.

"하지만… 이건 패스."

이유는 당연했다. 오크 피하려다 오우거 만나는 상황이 발생할 수 있기 때문이었다.

마스터의 존재에 눈독을 들일 존재는 많았다. 이는 팽팽한 대치중인 황제와 귀족파 역시 마찬가지였는데, 당연히 그를 끌어들이고자 직접 움직이는 상황도 발생할 수 있었다.

"그런고로, 이건 제외!"

다른 방법을 찾아야만 하는데, 사실 가장 그럴싸한 방법이 있기는 했다. 단지, 여차하면 더욱 재미없는 상황이 발생할 수도 있다는 게 문제였다.

"뭐… 그럴 성격으로 보이지는 않았으니."

쿠너의 시선이 잠시 하늘로 올라갔다. 이른 아침 출근길을 더욱 시리게 만드는 맑은 하늘이 눈에 들어왔다. 오늘따라 구름 한 점 보이질 않아, 더욱 인상적인 풍경이었다.

"슬슬 결정하라는 의미이려나."

쓰게 웃던 그가 아카데미로 향하던 경로를 벗어나 옆으로 움직였다.

그 방향은 정확히 스테일 영주성이 있는 방향이었다.

"하긴, 오래 끌기는 했지. 어찌 보면 그 아가씨가 참…
시기적절하게 찾아 온 건지도 모르겠네."

좋은 방향으로 생각하자며, 긍정적인 사고를 유지한 채
그의 걸음이 영주성을 향해 나아갔다.

❖

이제 막 아침이 시작되었다는 것을 알리듯, 도로 곳곳에
서 창이 열리고 사람들이 밖으로 모습을 드러내는 게 보였
다.

다각. 다각…

마차에 탄 채 그 풍경을 지켜보던 로렌스는 입 꼬리를
올리며 중얼거렸다.

"드디어 도착했네."

아침 식사는 잘 차려진 식탁에서 먹을 수 있겠다는 생각
에 절로 미소가 그려지는 것이다. 밤새 달려온 보람이 있
는 것 같았다.

제튼 덕분에 알게 된 아카데미 거리의 하르만 식당으로
방향을 잡았다. 그곳의 따뜻한 스프로 피로에 지친 육신을
달래줄 생각이었다.

'어차피 제튼 오빠를 만나려면, 아카데미로 가야 하니까.'

그의 결혼식이 있고, 어느새 8년이라는 세월이 흘렀다.

그 시간동안 많은 것들이 변했는데, 그 중 하나는 바로 호칭에 관한 부분이었다.

항상 제튼을 '주인님'이라 칭하던 게, 이제는 '오빠'로 바뀐 것이다. 다양한 이유가 있겠지만, 그 중에서도 가장 결정적인 건 역시 제튼으로 인해서였다.

〈그 주인님이라는 호칭은 그만했으면 좋겠다.〉

천마를 생각나게 하는 호칭이기에 더욱 거부감이 들었던지 이처럼 말을 건네 온 것이다. 이에 로렌스는 잠시간의 고민 끝에 오빠라는 단어를 입에 올렸다.

물론, 제튼으로써는 이 역시 난처했지만, 주인님 소리보다는 나았기에 침묵으로 이를 허락하게 된다.

변화는 이뿐만이 아니었다.

주기적으로 셀린에게 눈도장을 찍은 덕분일까?

그녀를 경계하며 거리를 유지하던 셀린도 어느 무렵부터는 슬슬 거리를 좁히는 걸 허락하고 있었다.

무려 8년여에 걸친 대 공사였으나, 크게 나쁘지 않은 시간이라고 여겼다.

'오빠를 얻을 수만 있다면, 시간이야 얼마든지 투자할 수 있지!'

이런 마음으로 끈기 있게 공을 들이고 있는 중이었다.

물론, 애정전선에 관한 부분 외에도 큰 변화는 존재했다.

팔라얀 상단!

바로 그녀의 '힘'이라 할 수 있는 상단에 관한 부분으로써, 그 이전에도 이미 대륙에서 손에 꼽히던 팔라얀 상단이, 이제는 대륙 제일의 상단이 되었다는 점이었다.

이는 전직으로 8년 전에 일어났던 사건 덕분이었다.

헤룬의 죽음!

그로 인한 트라베스 가문의 붕괴.

헤룬의 죽음으로 주인을 잃어 방황하던 트라베스 공작가를 집어삼키며 상단이 한 차례 더 도약을 하게 된 것이다.

물론, 그 거대한 가문이 이리 쉽게 붕괴하는 건 이해가 안 되는 이야기였으나, 그 과정에 그녀를 비롯한 다른 공작가문이 끼어들었다면, 더 이상 이해가 안 되는 이야기가 아니었다.

'기왕이면 혼자서 작업을 하는 게 좋았을 텐데.'

지금에 와서도 아쉬운 부분이었으나, 안타깝게도 트라베스 가문은 그 덩치가 너무 컸다.

게다가 워낙 큰 덩치라서 그녀 혼자서 삼키는 것도 불가능했다. 제국의 다른 공작가와 권력자들이 몰려들며 살점을 뜯어갔다.

하지만 결국 가장 큰 부분을 뜯은 건, 공작들과 팔라얀 상단이었고, 그 중에서도 가장 많은 이득을 본 건 그녀의 팔라얀 상단이었다.

애초에 트라베스 가문이 상가에 뿌리를 두고 있다 보니, 같은 세계에 있는 로렌스가 얻게 된 이득이 클 수밖에 없었다.

공작들과 비슷한 양을 삼켰으나, 소화하는 과정이 남달랐던 것이다.

대륙 제일의 상단!

그 영광된 자리를 충분히 이뤄낼 수 있는 밑거름이 되었다.

'뭐… 덕분에 한동안 고생이 제법 심했지만.'

아무래도 소화과정 중에 일어나는 마찰들을 줄이려다 보니, 그녀의 업무가 크게 늘어날 수밖에 없었다.

"고생한 만큼 보람도 컸으니까. 후훗!"

옛 생각을 하니 절로 웃음이 흘러나왔다.

그녀가 트라베스 공작가에서 삼킨 것 중에서 가장 득이 되었던 건 따로 있었다.

정령부대!

트라베스 공작의 숨겨진 비수가 바로 그 정체였다. 사실, 그들은 알아서 그녀의 목구멍으로 넘어왔다고 해도 과언이 아니었다.

"하긴, 당연한 거려나."

정령!

팔라얀 상단과 아주 인연이 깊은 존재였다. 이 부분은 상단의 상층부 인사들만 봐도 충분히 이해할 수 있었다.

한 때, 제튼에서 혼쭐이 났던 익스퍼트 중급의 기사 라베인트가 그렇고, 저 로사테인 지점의 관리자인 카모룬이 그러하듯, 팔라얀 상단은 이종족의 혼혈들과 상당히 깊은 관계를 맺고 있었다.

외형적으로는 공작들과 비슷하게 나눠가진 모양새가 나왔으나, 결국 깊게 파고들어 본다면 그녀가 가장 많은 덩어리를 먹은 것이나 다름없었다.

"그 정도를 먹고도 대륙 제일이 못 되면 창피할 일이지."

입 꼬리를 말아 올린 그녀가 재차 창밖의 풍경을 즐겁게 감상했다.

'정령부대를 덕분에 가장 좋아진 부분이 바로 이거지.'

언제든 바라고 원할 때, 이곳에 방문을 할 수 있다는 것!

"이게 바로 정령술을 이용한 정보력의 힘이지."

이미 과거에도 전문적인 정보길드와도 당당히 겨룰 수 있었으나, 정령부대의 등장으로 이 부분의 완성도를 더욱 높였고, 이제는 정보부분에 있어서도 세 손가락 안에 꼽히는 막강한 파워를 자랑하고 있었다.

'덕분에 이번 정보도 알아 낼 수 있던 거고.'

정령부대가 구해온 정보는 매우 흥미로운 것으로써, 제튼도 관심을 가질 수밖에 없는 것이었다.

이로 인해 제튼을 만나러 올 명분도 생겼으니, 입가에 미소가 걸리는 건 당연한 일이었다.

"뭐, 명분이 없으면 셀린 언니 핑계를 대면되지만."

단지 그렇게 되면 약간의 눈치를 보게 된다는 게 탈이었다.

"어?"

창밖 풍경을 감상하던 그녀의 눈가에 한 줄기 이채가 스쳤다. 저 도로 한편으로 익숙한 얼굴을 본 까닭이었다.

'쿠너 플란.'

결코, 모를 수 없는 사내였다. 제튼의 제자를 어찌 모를 수 있겠는가.

비장한 표정이 눈에 띄었다.

'저런 모습으로 어디를 가는 거지?'

호기심에 그가 향하는 방향으로 시선을 보내봤다.

'영주성?'

무슨 일일까? 살짝 호기심이 일었다. 아무래도 제튼의 제자이기에 더욱 관심이 가는 것일지도 몰랐다.

하지만 이내 시선을 거뒀다.

제자보다는 스승! 제튼 본인을 만나러 가는 길이었다.

관심이 간다고 해도 우선순위가 될 수는 없는 것이다.

"후홋!"

제튼을 만날 생각에 절로 웃음이 나왔다.

◈

레이나 스테일.

올해 나이 서른넷의 여기사.

그리고 독신!

'노처녀'라는 말로도 부족할 만큼 과한 연령대가 되어 있건만, 여전히 결혼에는 관심이 없어 보이는 그녀의 태도로 인해, 스테일 가문은 때 아닌 근심을 떠안아야만 했다.

애초에 그녀의 자유의사를 존중해줬던 스테일 남작이었으나, 그녀의 나이가 서른을 넘어가던 무렵부터는 슬슬 그도 두어마디 정도는 내던지기 시작했고, 이런 그의 반응에 뒤따르듯 남작 부인 역시도 이 문제를 신중히 고려하는 모습을 보였다.

덕분에 신이 난 건 그녀의 남동생이었다. 과거에야 누나를 떠나보내기 아쉬운 심정에 빈말로 '시집'이라는 단어를 언급하던 동생이었으나, 점차 그녀의 나이가 부담스러울 정도로 차 버리니, 아무래도 더 이상 빈말로 '시집'을 언급하기가 어렵게 된 것이다. 이런 상황에 모친이 제대로 한팔 거들어주고 있으니, 어찌 기쁘지 않겠는가.

남동생의 발언에 힘이 실리는 건 당연했다.

이런 집안의 분위기 때문일까?

과거, 아루낙 마을에서 보냈던 생활이 자주 떠오르고는 했다.

검만 잡게 됐다가는 평생 시집을 못 보낼지도 모른다는 생각에, 모친이 강제로 그녀를 집안으로 끌어들인 것이다.

그녀 나이가 서른을 넘길 무렵의 일이었다.

"후우…."

한숨을 푸욱 내쉰 레이나는 식당으로 향하는 걸음이 무겁다는 생각을 했다. 오늘도 아침 식사시간에 벌어질 시집 논쟁을 떠올리자니 아무래도 발길이 안 떨어질 수밖에 없었다.

그나마 손님들이 함께하는 식사자리이기에, 그 재촉이 덜하거나 없을지도 모른다는 생각으로 애써 걸음을 옮길 뿐이었다.

"결혼이라…."

그 단어를 떠올리는 것만으로도 입맛이 씁쓰름해졌다. 그도 그럴게 그녀가 원하던 상대는 이미 다른 여자의 곁으로 가 버린 까닭이었다.

매번 생각하고 또 생각하는 의문이 있었다.

'내 감정을 조금이라도 더 일찍 알아챘더라면.'

그랬다면 뭔가 달라졌을까?

"후…."

재차 한숨을 내쉰 그녀의 눈에 식당의 입구가 보였다.

"끄응!"

앓는 소리를 내뱉으며 그곳으로 발길을 할 때였다.

"레이나 선생님."

한 줄기 시원한 음성이 그녀의 답답한 가슴을 두드리는 게 아닌가. 고개를 돌려보니 뜬금없는 인물이 시선에 잡혔다.

"쿠너?"

한 때, 그녀의 아카데미 수업을 거쳐 갔던 제자로써, 이 제는 당당히 그 실력을 증명 받아, 그녀와 같은 아카데미 교직에 몸담고 있는 쿠너가 식당 복도를 걸어오고 있었다.

"네가… 여긴 어떻게?"

의아한 얼굴로 그리 물으니, 쿠너가 어색하게 웃으며 답했다.

"남작님을 좀 뵙고 싶어서요."

그의 반응에 고개를 끄덕인 레이나가 어깨를 나란히 하며 말했다.

"혼자 가려니 좀 답답했는데, 이렇게 된 거 같이 들어가자."

"괜히 식사시간에 찾아와서 불편을 끼치는 건 아닌가 모르겠네요."

레이나는 뒷머리를 긁적이는 쿠너를 이끌며 식당의 문을 열어 젖혔다. 아직 손님들은 도착하지 않은 듯, 가족들이 먼저 착석해 있는 게 보였다.

'역시나….'

레이나의 얼굴에 옅은 그늘이 졌다. 손님이 주인을 기다리는 건 귀족가의 예의가 아니다. 당연하게도 식당에는 가족들이 먼저 와 있을 거라는 걸 예상했다. 또한, 이 때가 가장 치열한 논쟁시간이 될 것이라고 여겼다. 그래서 더욱 걸음이 더뎌졌던 걸지도 몰랐다.

"오랜만에 뵙습니다."

쿠너가 스테일 남작을 향해 정중히 인사를 올리는 게 보였다. 이미 앞서서 식당으로 연락을 보냈던 상황이었기에, 남작가의 식솔들 중 누구도 그의 등장에 놀라는 이가 없었다.

"마침, 식사 시간이라서 네 자리도 마련해 놨으니. 그쪽에 앉아라."

과거의 비대하던 모습과 달리, 이제는 통통한 체형이 되어 있는 스테일 남작이 그의 인사를 받으며 자리를 권유했다.

"오랜만에 보니 반갑구나. 따로 먹고 싶은 게 있으면 집사에게 이야기 하면 된다. 너도 알듯이 주방장이 레시피가 다양하거든."

게다가 체형만 변한 게 아닌 듯, 남작은 전처럼 대화 중에 음식을 오물거리는 모습도 보이질 않았는데, 이는 전부 마르한의 조언 덕분이었다.

과한 음식물의 섭취로 인해, 한 때 건강이 안 좋았던 시기가 있었는데, 당시 치료를 맡았던 게 바로 마르한이었다.

그가 내어놓았던 처방을 요약하자면 이러했다.

〈작작 좀 처먹어라.〉

물론, 식탐이 과한 스테일 남작은 먹다가 죽겠다는 태도였으나, 남작 부인이 이를 방치하지 않았고, 결국 지금처럼 상당히 정상적인 모습으로 발전할 수 있었다.

"그래. 무슨 중요한 이야기가 있어서, 이런 아침부터 찾아 온 거냐?"

남작의 물음에 잠시 주저하는 기색을 보이던 쿠너가 안색을 굳히며 입을 열었다.

"미뤄놓았던 대답을 해 드리고자 찾아왔습니다."

그 순간 스테일 남작의 눈에 불이 들어왔다.

"호… 드디어 결심을 한 것이냐?"

"예."

조금은 뜬금없는 그들의 대화와 이해할 수 없는 내용에

식솔들의 시선이 한데 모일 즈음이었다.

"베르마인 후작 영애분과 메르테인 백작 영애분께서 도착하셨습니다."

집사가 알려온 소식으로 인해 이야기의 진행이 중단되었다. 궁금증이 일었으나 손님을 맞이해야 하기에 한 호흡 밀어놓아야만 했다.

이내 식당 한편의 문이 열리며 마이얀과 트라셀이 호위들과 함께 모습을 드러냈다. 그녀들 역시 이동 중에 쿠너의 방문소식을 들었던 듯, 그의 얼굴을 확인하고도 놀란 기색이 없었다.

한 차례 마이얀과 쿠너 그리고 트라셀의 시선이 얽혔다가 풀려나왔다.

"어서들 오게나. 기다리고 있었네."

"정말요? 어제 들어보니 그게 아니던 것 같던데요."

마이얀의 이야기에 쿠너가 의아한 얼굴로 바라봤다. 무례하게 여겨질 수 있는 내용인 까닭이었다. 헌데, 이런 쿠너의 생각과 달리, 스테일 남작가의 사람들은 오히려 입가에 미소를 짓고 있는 게 아닌가.

전날 식사시간에 있던 대화내용을 모른다면 어쩔 수 없는 반응이었다.

지난밤에도 이와 비슷한 대화가 오갔었는데, 당시 남작부인이 던진 한마디가 아주 재밌었다.

〈이 사람은 두 분 아가씨들을 기다린 게 아니라, 음식을 기다렸답니다.〉

그녀들이 도착해야 식사를 시작하기에 이런 말을 건넨 것이다.

남작 부인의 통제로 식탐을 고쳤다고는 하나, 여전히 음식에 대한 욕심이 있는 스테일 남작을 다그치는 의미도 품고 있었다.

물론, 전적으로 웃자고 던진 말이기에, 당시 식당의 분위기는 아주 흥겹게 변했었다. 그리고 마이얀은 전날의 이야기를 언급하며 그때의 분위기를 살짝 끌어들인 것이다.

당연히 이런 내용을 모르는 쿠너가 지금 이 분위기를 이해하기는 어려울 수밖에 없었다.

"먹으면서 이야기 하세나."

진실을 담은 농담처럼 음식이 먼저라는 듯, 스테일 남작이 그 말과 함께 먼저 착석을 하자, 식구들과 손님들 역시 일제히 의자에 앉으며 식사 준비를 했다.

뒤이어 식사가 시작되고, 이내 본격적인 아침의 풍경이 그려졌다. 그리고 이 즈음이 되어서야 멈춰놨던 이야기가 다시 진행될 수 있었다.

"3년 전 여름이었나?"

먼저 운을 뗀 건 스테일 남작이었다.

"예."

쿠너가 대답하고 사람들이 귀를 기울였다. 왠지 무거운 이야기가 시작된다는 느낌이 시선을 모았다.

"나와 우리 가문은 너를 원한다. 그 때, 내가 이렇게 이야기를 했었지."

"…예."

순간 마이얀의 미간이 살짝 구겨졌다.

그도 그렇게 후작가의 교관자리를 제안하자마자 이런 모습을 보여주니, 여간해서는 평정을 유지하기가 쉽지 않았다. 그러나 후작가의 영애답게 재빨리 표정을 수습했다. 다행히도 쿠너에게 시선이 쏠린 덕분인지, 그녀의 표정변화를 알아챈 이는 아무도 없었다.

"그리고 너는, 생각할 시간을 주십시오. 이렇게 이야기했고. 맞지?"

"예."

"오늘 갑자기 찾아와 그걸 언급했다는 건, 드디어 결심이 섰다는 의미겠지?"

"그렇습니다."

스테일 남작이 흥미진진한 눈으로 쿠너를 바라봤다.

무려 3년이다. 따로 불러서 언급이라도 할 법한 시간이 흘렀건만, 그저 조용히 그의 결정을 기다려줬다.

느긋한 성격을 지닌 스테일 남작의 성정에 더해, 간혹 마주칠 때면 갈등하는 모습을 보여주던 쿠너의 태도가 그로 하여금 3년이라는 시간을 허락하게 한 것이다.

'사실… 충분히 더 기다려 줄 마음이 있지만.'

그리 생각하면서도 다가온 선택의 순간에 순응하듯 시선은 쿠너의 입을 쫓고 있었다.

"오랜 시간을 기다리게 한 점, 먼저 용서를 구하겠습니다."

"괜찮다. 나야 남는 게 시간이니까."

드디어 쿠너의 입이 열리고, 오랜 기다림에 대한 답변이 흘러나왔다.

"죄송합니다."

헌데, 그 내용이 의외의 것이었다.

식당 안의 분위기가 한 순간에 싸늘하니 식어버렸다. 어찌 보면 당연한 반응이었다. 이곳은 남작가였고, 구성원의 대부분도 남작가의 핵심인물들이었다. 그런 만큼 분위기가 가라앉는 건 당연한 변화였다.

굳이 하루의 시작을 알리는 아침식사 시간에 찾아와 던질 답변은 아니었다.

'후훗!'

이 와중에 단 한 사람, 유일하게 올라가려는 입 꼬리를 주체하지 못하는 이가 있었으니, 바로 마이얀이었다.

그녀의 제안을 들은 다음 날 스테일 남작을 찾아와 가신에 대한 이야기를 나누는 모습에, 처음에는 기분이 좋질 않았었다.

하지만 지금 이처럼 남작의 제안을 거절하는 결정을 그
녀의 제안과 연결 짓자, 나빠졌던 기분이 역으로 더욱 크
게 상승하고 있었다.

"그렇군. 거절인가. 뭐, 어쩔 수 없지."

가족들의 반응과 달리, 스테일 남작의 태도는 생각 외로
담백했다. 그의 이런 모습에 오히려 대담했던 쿠너가 당황
하는 얼굴이 되었으나, 아직 이야기가 끝난 것이 아니기에
급히 표정을 고쳐야만 했다.

"남작님께 무례한 청을 하나 하고자 합니다."

쿠너의 뜬금없는 이야기에 스테일 남작이 입 꼬리를 올
리며 물었다.

"내 제안을 거절한데다 무례한 청까지? 너무 염치없다
고 생각 안 하나?"

"…죄송합니다."

"뭐… 궁금하긴 하네. 어떤 무례를 끼칠지."

한 차례 침을 돌려 말라가는 입술을 닦은 쿠너가 입을
열었다.

"잠시만, 검을 허락해 주실 수 있겠습니까?"

이곳으로 들어오기 전 입구에 검을 놓고 온 쿠너였다. 아
무리 기사라고는 하나, 영지의 주인이 여는 식사자리에까
지 검을 들고 올 수는 없었다. 그것은 귀족간의 예의였다.

그런 자리에서 쿠너는 검을 들고 싶다고 말하는 것이다. 그로 인한 여파인 듯, 식당의 분위기가 한층 싸늘해지며 한기마저 느껴지기 시작했다.

"검이라. 그래. 허락하지."

남작 부인이 무어라 말문을 열어 한 소리 하려고 했으나, 스테일 남작이 손을 들어 이를 말렸다. 그러면서 집사에게 손짓하니 이내 밖에서 검을 가지고 돌아왔다.

스릉…

쿠너는 검을 잡기가 무섭게 뽑아냈다.

그 상태에서 한 차례 남작에게 예의를 갖춰 인사를 올린다. 남작이 고개를 끄덕이며 인사를 받자, 발길을 돌려 한 존재를 바라본다.

레이나 스테일.

순간, 모두의 머릿속에 '설마'라는 단어가 떠올랐다. 레이나 역시 마찬가지였던 듯, 딱딱하게 굳어진 표정이 보였다.

한 차례 그녀와 시선을 맞춘 쿠너가 이내 걸음을 내딛었다. 한 걸음, 한 걸음, 그녀에게로 향해간다.

저벅…저벅……

갑작스레 찾아든 때 아닌 침묵 때문일까? 유난히 그 걸음 소리가 무겁게 귓속을 파고들었다. 잠시 후, 쿠너가 레이나의 앞에 도착했다.

푸욱!

순간 쿠너가 검으로 제 손바닥을 찔렀다. 그것도 무려 검을 드는 오른 손이었다. 제법 깊게 찌른 것인지 피가 뚜욱뚜욱 흘러내리기 시작했다.

그 상태에서 쿠너가 자신의 오른손을 왼쪽 가슴, 심장어림에 가져가 찍었다.

주르륵…

한 줄기 핏물이 그 순간 가슴을 타고 흘러내렸다. 가죽 옷을 입고 있었던 까닭인지, 핏물은 매끄러운 선을 그리며 흘러내렸다.

그리고 이내 손을 떼었을 때, 왼쪽 가슴에는 선명한 핏 자국이 새겨져 있었는데, 그 모습이 기묘하게도 한 송이 붉은 꽃처럼 여겨지는 느낌도 들었다.

핏물에 적신 손으로 검날을 잡고, 손잡이 부분을 레이나에게로 향하며 조심스레 말문을 연다.

"꽃을 위해!"

설마 했던 장면이 정말로 펼쳐졌고, 식당의 분위기는 또 새롭게 변화하기 시작했다.

장미의 기사(Rose Knight)!

군주가 아닌 단 한명의 여인을 위해 검을 드는 기사를 칭하는 것으로써, 기사만의 순결의식이라고도 불리는 거룩한 행위가 눈앞에서 펼쳐진 것이다.

입만 벙긋거리는 마이얀과 동공을 키우며 쳐다보는 트라셀 그리고 턱을 떨친 채 바라보는 남작가의 식구들까지, 하나같이 충격을 금치 못하는 얼굴이었다.

헌데, 그 속에서 단 한명, 표정의 변화를 내비치지 않는 사람이 있었다.

루테츠 스테일 남작!

유일하게 그만이 홀로 태연한 모습으로 앉아 있는 게 아닌가.

특히, 입가에 살짝 걸린 미소로 인해 더욱더 다른 이들과 남다른 분위기를 풍겨내고 있었다.

'역시…'

그는 이미 오래 전부터 쿠너의 마음을 알고 있었다. 때문에 쿠너의 대답을 3년이 아닌, 그 이상도 기다려 줄 수 있던 것이기도 했다.

또한 레이나의 시집 문제를 크게 거론하지도 않았다. 쿠너의 마음을 모르기 전에야 가끔씩 '시집'이라는 단어를 입에 올렸지만, 그의 감정을 알아챈 뒤로는 다른 가족과 달리, 조용히 침묵만을 지킬 뿐이었다.

그의 시선이 딸아이에게로 향했다.

'어떤 선택을 할 테냐.'

갑작스런 상황에 시뻘개진 얼굴로 당황하는 딸아이의 모습을 보니, 입가에 걸린 미소가 한층 짙어졌다.

장미의 기사!

그들은 오로지 단 한명의 여인을 위해 모든 것을 바친다.

언뜻 프러포즈처럼 여겨지는 내용이었는데, 느껴지는 그대로 이들의 의식은 사랑 고백이 맞았다.

최초에 이 의식을 시행한 기사도 사랑하는 여인을 위해 평생을 바치겠다며 언약을 한 것이었는데, 아름답게 여겨지는 이 이야기는 생각보다 그리 아름답지는 않았다.

여인이 유부녀였기 때문이다.

그럼에도 불구하고 기사는 여인에게 맹세를 했다. 자신의 결의를 보이고자 검을 든 손에 피를 내었고, 그 피로 심장이 있는 왼 가슴을 적셨으며, 기사의 자존심이라는 검을 여인에게 바치기까지 했다.

당시 왼 가슴에 물든 핏물이 마치 붉은 장미와 같다하여 그에게 '장미의 기사' 라는 칭호를 부여했다고 한다.

얼핏 비난으로 가득할 수 있는 이야기였으나, 오히려 하나의 전설 혹은 의식이 되어 이어져 내려오게 되었는데, 이는 기사가 평생 여인을 바라보며 홀로 지냈기 때문이었다.

그로 인해 한때는 장미의 기사를 향해 순결의 기사라고도 불렀을 정도였다.

사실, 이 정도로 유명해질 이야기는 아니었으나, 기사의 위치로 인해 이 맹세는 전설이 되고 하나의 숭고한 의식이 되어 버렸다.

마스터!

전해지는 이야기로는 당시 최고의 기사였다는 설도 있었다. 이런 특별한 위치에 있는 존재이기에, 각국의 군주들도 이 맹세를 무시하기가 어려워지며, 의식으로 여겨지게 된 것일지도 몰랐다.

그런 유명한 의식이 눈앞에서 펼쳐졌다.

식당의 공기가 혼란스럽게 변하는 건 어쩔 수가 없었다. 모두가 멍청하니 쿠너를 바라보다 레이나에게로 시선을 보냈다.

그녀의 선택이 궁금한 까닭이었다.

붉게 달아오른 그녀의 얼굴이 유난히도 눈에 박히는 순간이기도 했다.

❖

제튼 반트!

8년 전 그의 결혼 소식을 들었을 때, 그 이름을 가슴 깊이 묻었다.

이후 더욱 검에 마음을 내던졌다.

아루낙 마을을 떠나 온 것도 어쩌면 그를 잊기 위한 몸부림 중 하나였을지도 모른다. 눈에서 멀어지면 마음에서 멀어진다고 했기에, 모친의 부름을 핑계 삼아 집으로 돌아왔다.

그렇게 눈에서 멀어졌다.

헌데, 더욱 사무치는 이유는 무엇이란 말인가.

그리고 이 즈음해서 변화가 찾아왔다.

쿠너 플란!

처음에는 아카데미 학생이었다가, 어느 순간부터는 어깨를 나란히 하는 동료가 되었고, 이제는 남자로 다가오려고 하는 사내였다.

그가 말한다.

"당장 받아주시지 않아도 됩니다."

그러며 웃는다.

"전 생각보다 끈질기니까요."

말이나 표정과는 달리, 몸은 긴장을 하고 있던 것일까? 칼날을 잡은 그의 손에 힘이 들어가며, 더욱 많은 핏물이 흘러내렸다.

그 모습을 봤음에도 불구하고 선뜻 검의 손잡이를 잡기가 어려웠다. 제튼이 존재가 여전하기 때문이었다. 붉어졌던 안색 위로 언뜻 그림자가 내려앉았다.

이런 그녀의 모습에 쿠너가 재차 웃으며 말했다.

"지금은… 제 마음을 전한 걸로 만족하겠습니다."

그리고는 핏물이 묻은 검을 날 째로 잡은 채 남작에게로 향하는 게 보였다.

"제 맹세의 징표를 잠시 맡아주셨으면 합니다."

이에 스테일 남작이 옅은 미소를 입가에 띄운 채 물었다.

"언제까지 맡아줄까?"

쿠너는 대답대신 레이나를 한 차례 바라본 뒤 허리를 숙였다. 대답은 그가 아닌 그녀에게 달려있다는 의미였다. 그 모습에 고개를 끄덕인 남작이 집사에게 손짓했다.

"마법사에게 보내서 이 모습 그대로 보관하도록 지시하게."

무려, 장미의 맹세였다.

기사들의 순결의식이라고도 불리는 그 맹세를 허투루 대할 수는 없는 것이다.

게다가 그 대상이 자신의 딸아이라는 걸 생각한다면, 더욱 신경이 쓰일 수밖에 없었다.

"그리고 치료사를 불러주게."

손의 치료를 위해 집사에게 그리 지시하는데, 그 순간 쿠너가 거부의사를 밝혀왔다.

"괜찮습니다."

"그대로 방치할 생각인가?"

"이 역시 맹세의 징표입니다."

"…그렇군."

고개를 끄덕이던 남작의 시선이 저 한편에서 입을 떡 하니 벌리고 있는 부인과 아들에게로 향했다. 아무래도 더이상 시집문제로 레이나가 재촉당할 일은 없을 것 같았다.

'식사시간에 먹는 것에만 집중할 수 있겠네.'

그의 미소가 한층 짙어졌다.

❖

지난 밤, 트라셀에게 주의사항을 전한 덕분일까?

제튼은 한결 말끔해진 기분으로 아카데미 출근길에 오를 수 있었다. 하지만 그것도 잠시, 저 멀리 아카데미가 가까워지기가 무섭게 표정을 구겨야만 했다.

일명 아카데미 거리라고 부르는 그 대로 한편에서 익숙한 기운을 느낀 까닭이었다.

'로렌스… 끄응!'

하나 해결하기 무섭게 또 다른 문젯거리가 찾아든 것이다. 당연히 그의 표정이 고울 수가 없었다.

그녀의 기척이 느껴지는 장소로 걸어갔다. 혹시나 했더니 역시나랄까? 하르만 식당의 간판이 보였다.

"후우…."

나직이 한숨을 내쉰 그가 식당 안으로 걸음을 옮겼다. 종업원이 다가왔으나 일행이 있다고 한 뒤 안으로 향했다.

입구 한편에 로렌스의 호위로 보이는 이가 은신해 있었지만, 모른 척 하며 그녀가 있는 곳으로 걸어갔다.

기척의 위치는 1층이 아닌 2층이었다. 그가 계단을 올라오는 걸 발견한 듯, 로렌스가 밝게 웃으며 자리에서 일어나는 게 보였다.

"오셨어요."

"…그래."

슬쩍 그녀가 앉은 자리를 바라보니, 식사는 이미 마친 모양인지 찻잔이 올라와 있었다.

"지난달에도 본 것 같은데, 또 무슨 일이야?"

"벌써 한 달이나 지났으니까요."

"안 바쁘냐?"

"아시다시피, 대부분의 업무를 마차에서 이동하면서 해결한답니다."

그리 대답하며 자리를 내어주는데, 잠시간 저 자리에 앉아야 하는 갈등이 스쳤다.

'그냥 무시하고 지나칠 걸 그랬나.'

하지만 이내 고개를 흔들며 자리에 앉았다. 로렌스는 무시한다고 해서 피할 수 있는 여인이 아니었다. 그가 피하면 아루낙 마을의 셸린을 찾아갈 게 분명했다.

그렇게 되면 한동안 집안 생활이 퍽퍽해 질수도 있었다.

"식사는 하셨어요?"

"그래."

제튼의 대답에 로렌스가 종업원을 불러 차를 시켰다. 뚱하니 이를 바라보는 제튼의 표정에, 한 차례 실소한 로렌스가 짐짓 아픈 표정을 내비치며 말했다.

"자꾸 그러시면 소녀의 가슴에 상처가 남는답니다."

"소녀는 무슨, 네 나이도 벌써…."

"오라버니!"

쓸데없는 이야기가 나오려 하자 로렌스가 급히 제튼의 말을 막았다.

"여자의 나이는 함부로 거론하는 게 아니랍니다."

그녀답지 않은 서슬 퍼런 기색에 슬쩍 뒷머리를 긁적인 제튼이 식당을 쭈욱 둘러봤다.

이른 시간대이다 보니 손님은 보이질 않았다. 물론, 전혀 없는 건 아니었다. 1층에 몇 명 식사를 하는 이들이 있기는 했다.

자신에게 집중하지 않는 그의 모습에 잠시 입술을 삐죽이던 로렌스가 가지고 온 물건을 내밀었다.

"중요한 정보가 있었는데, 자꾸 이러시면 저 그냥 돌아갑니다."

"정보?"

제튼의 시선이 대번에 그녀에게로 향했다. 이런 문제를 가지고 장난 칠 여인이 아니라는 걸 알기 때문이었다.

"뭔데?"

"맨입으로요?"

그 말에 잠시 갈등하던 제튼이 짧게 혀를 차며 말했다.

"좀 전 식사는 내가 계산하마."

"안 돼요."

"그럼⋯."

"점심 같이해요."

"으음⋯."

"정말 엄청난 정보인데, 겨우 식사 한 끼로 해결할 수 있으면 남는 장사잖아요."

'⋯마누라 귀에 들어가면 죽는 장사지.'

몸서리를 치는 제튼의 모습에 로렌스가 재차 입술을 삐죽이며 말했다.

"저녁을 같이 먹자는 것도 아니고, 고작 점심 한 끼 인데, 너무 그러시면 저도 자존심이 상한다구요."

중요한 건 그럼에도 불구하고 그를 포기하지 않는다는 점이었다.

'어후⋯ 미치겠네!'

새삼 천마에 대한 원망의 단어들이 떠올랐다.

"그래, 알았다."

제튼의 승낙이 떨어지자 로렌스가 불퉁한 표정을 지우며 활짝 웃었다. 그 모습이 마치 꽃이 만개한 것 같다고 느껴져서일까? 제튼도 그만 입가에 미소를 올려버렸다. 이런 그의 모습이 로렌스를 한층 기쁘게 만들었다.

과거 브라만 대공 당시에 보여주던 그 냉소적인 미소도 매력적이었으나, 이처럼 가끔 보여주는 부드러운 미소 역시 그녀를 두근거리게 만드는 마력이 있었다.

태도부터 시작하여 말투 행동거지까지, 그 모든 것들이 대공이던 시절과는 달랐다. 때문에 전혀 다른 사람처럼 느껴질 때도 있었으나, 그럼에도 불구하고 여전히 사랑스러운 존재라는 건 변함이 없었다.

"웃지만 말고 어서 정보나 이야기 해주지?"

어느새 미소를 거둔 제튼의 물음에 로렌스가 고개를 끄덕이며 대답했다.

"전쟁이 일어날 것 같아요."

"…뭐?"

너무도 파격적인 단어가 끼어있어서일까? 제튼은 자신의 귀를 한 차례 의심해야만 했다. 이에 로렌스가 재차 입을 열었다.

"전운이 감돌고 있다고요."

역시나 청력에 이상이 있는 건 아닌 모양이었다.

"뜬금없이 전쟁이라니? 누가? 어디가? 어느 왕국이?"

명실상부한 대륙 최강의 국가인 칼레이드 제국이었다. 제국의 위험거리는 외부가 아닌 내부라고 할 정도로, 현 제국의 파워는 막강했다.

초반에야 천마의 부재로 인해 외부적으로도 이래저래 위태로운 느낌이 있었으나, 어느새 강산이 변할 만큼의 시간이 흐르고, 이제는 그 외피가 단단하게 굳어진 상태였다.

"이번에 외지 탐방을 나갔던 정령부대에서 우연히 발견한 건데, 저 대륙 외곽으로 밀려났던 이종족들이 움직였다고 하더라구요."

"이종족?"

제튼이 의아하단 얼굴로 로렌스를 바라봤다. 이에 로렌스가 쓰게 웃었다.

"저희하고 관계없는 이종족들도 많잖아요."

그 말에 잠시간 생각을 하던 제튼이 뭔가 생각이 났다는 듯 손가락을 튕기며 말했다.

"꿀꿀이들?"

"후훗! 여전하시네요. 예. 오크를 비롯해서 고블린과 같은 '변이종족' 대부분의 움직임이 심상치 않다는 보고가 들어왔어요."

"심상치 않다라…."

이종족이라 표현하고 있으나, 사람들 사이에서는 '몬스터'라는 단어로 더 친숙한 종족들이었다.

그 때문에 이종족이라는 단어에 바로 떠올리지 못한 것이다.

사람들이 이종족이라 부르는 이들 대부분은 천마로 인해 팔라얀 상단과 함께하고 있었는데, 이것이 바로 팔라얀 상단이 단시간에 대륙을 뒤흔드는 수준이 될 수 있었던 이유이기도 했다.

몬스터라 불리는 이들을 변이종족이라고 부르는 건, 사람들이 이종족으로 알고 있는 엘프나 드워프들이 대부분이었는데, 이는 혼혈들 역시 포함되는 이야기였다.

제튼이 새삼스런 눈빛으로 로렌스를 바라봤다.

'그러고 보니… 이 녀석도 혼혈이었지.'

모친이 엘프였다고 들었다. 하지만 그 피가 생각보다 옅어서 그 수명적인 부분이나 성장속도가 인간과 비슷한 수준이었다.

이후에는 어찌 될지 모르겠으나, 지금 당장은 눈에 보이는 만큼의 성장속도를 보이고 있었다.

'…꼭 그런 것만은 아닌가.'

이 부분을 생각해 보니, 로렌스의 외모가 그녀의 나이보다 동안으로 보인다는 느낌이 들었다.

'엘프의 피가 드러나고 있는 것이려나.'

그럴 확률이 높다며 홀로 고개를 끄덕이는 그에게 로렌스가 물어왔다.

"어떻게 하실 건가요?"

전쟁에 관한 부분을 묻고 있는 것이었다. 이에 제튼이 역으로 되물었다.

"뭘?"

"그냥… 내버려 두실 생각이신가요?"

"전에도 말했지만, 나는 은퇴한 사람이다."

확실히 들은 기억이 있었다. 그것도 한 두 번이 아니었기에, 이에 대한 부분은 잊기가 어려웠다.

"하지만….."

'대공이시잖아요.'

뒷말은 차마 내뱉지 못한 채 삼켰으나, 충분히 짐작할 수 있는 내용이었다.

"나는 할 만큼 했다."

무려 20년의 세월을 양보했고, 이제 겨우 그 세월의 절반가량을 지냈다.

"그러면 황자님은 어떻게 하시려고요?"

황제는 맘에 안 들었으나, 황자는 제튼의 아들이기에 신경이 쓰일 수밖에 없었다. 이런 그녀의 질문에 제튼이 어깨를 으쓱이며 답했다.

"제국의 미래를 책임지려면, 제 앞가림은 정도는 할 줄 알아야지."

말은 이렇게 하고 있으나, 실질적으로는 황자의 능력을 믿기에 이리 이야기 할 수 있는 것이었다.

마스터!

그 지고한 위치에 올라선 데다가, 곁에는 무려 검작공 오르카마저 함께하고 있었다. 아무리 생각해도 위험요소가 비치질 않았다.

'전쟁을 경험해야 한다는 건 마음에 안 들지만'

황자라는 특수한 위치를 생각하자면, 이 역시 어쩔 수 없는 부분이라고 생각했다.

"오빠가 이렇게 나오면 안 되는데."

로렌스의 실망한 표정에 제튼이 의아한 얼굴로 그녀를 바라보는데, 이어지는 내용이 참으로 가관이었다.

"원래 계획은 오빠하고 오붓하게 대륙 외곽을 돌면서 불순분자들을 색출하는 거였는데… 쳇!"

어이가 없어도 웃음이 나오고는 하는데, 지금 제튼의 입가에 걸린 미소가 딱 그러했다.

"쓸데없는 생각으로 머리 태우지 좀 마라. 뭐, 그래도 확실히 점심 값 낼만한 내용은 되는 것 같네."

제튼의 이야기에 로렌스가 눈을 반짝이는가 싶더니, 대뜸 또 다른 물건을 꺼내들었다.

"흥미로운 정보가 하나 더 있는데, 이걸로 내일 점심 어때요?"

"……"

제튼의 표정이 살짝 구겨졌다.

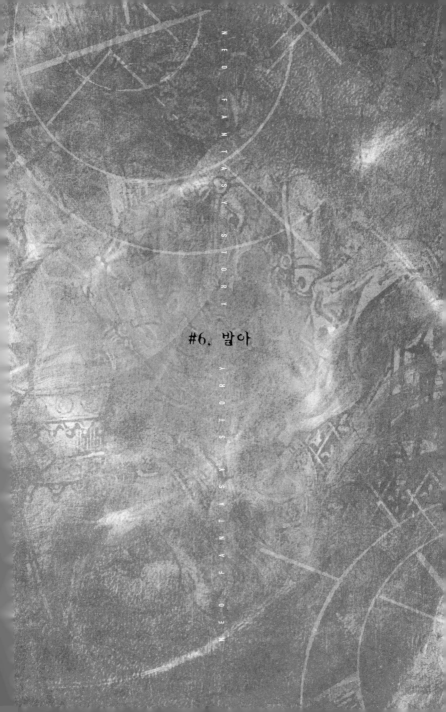

#6. 발아

#6. 발아

언제 봐도 감탄이 절로 나오는 풍경에, 그야말로 '제국의 수도답다'는 생각이 매번 머릿속을 가득 채웠다.

하지만 동시에 저 아름다운 건축물들이 '그'의 지시로 만들어졌다는 걸 생각하면, 자연스레 이가 갈리며 분노가 차오르곤 했다.

'브라만 대공!'

그의 존재를 머릿속에 그려내며 다가올 미래 역시 상상해봤다.

천재라고 불리는 두뇌를 지니고 있었으나, 안타깝게도 미래에 대한 이미지는 떠오르질 않았다.

'하긴… 어쩔 수 없는 건가.'

조금 전까지 분노하던 그의 입가에 자조적인 미소가 걸렸다.

'상대가 그 브라만 대공이니.'

전부 아니면 전무이리라.

'확률적으로는 후자 쪽이겠지.'

하지만 이내 고개를 흔들며 부정한 생각을 털어냈다. 시작도 전에 이리 약한 모습을 보이는 건 옳지 않다고 여긴 것이다.

"멋진 풍경이군."

문득 들려온 음성에 고개가 뒤편으로 돌아갔다.

흑발에 흑안을 한 미청년이 눈에 담겼다. 그가 시선을 맞추며 말을 걸어왔다.

"여전히 그 가면은 벗질 않는군. 설마, 그걸 쓴 채로 씻고 자는 건 아니겠지?"

미청년은 그 말과 함께 아쉬운 표정을 해 보였다.

"아까워. 너처럼 멋진 얼굴을 굳이 그런 가면으로 가리고 있다니. 그것도 그런 싸구려 나무 가면이라니. 마침 나한테 괜찮은 가면이 하나 있는데, 그걸로 바꾸는 게 어때? 공짜로 바꿔줄게. 무료라고."

이에 목재가면을 한 사내가 고개를 흔들며 대답했다.

"말씀은 감사하지만, 제게는 이거면 충분합니다."

"쳇! 딱딱하기는."

"죄송합니다."

"됐어."

가면사내는 미청년을 바라보며 며칠 전의 일을 생각했다.

〈일정을 앞당겨야겠어.〉

뜬금없이 나타나 기이한 이야기를 내던졌는데, 가면사내는 한 눈에 미청년의 정체를 알아챌 수 있었다.

'그와 관계가 있다.'

가면사내를 지원해주던 '바탐'이라는 흑발사내와 같은 존재라는 걸 알게 된 것이다.

'그는 어떻게 된 것일까?'

의문이 들었으나 묻지 않았다. 그리고 이 부분이 눈앞의 미청년을 미소 짓게 만들었다.

〈눈치가 좋네. 맘에 들어. 듣기로는 가면 속 얼굴도 맘에 들 것 같은데, 한 번 구경 좀 해 보자.〉

약간의 쓸데없는 이야기도 오가기는 했으나, 어쨌든 이후 그와 함께 행동하며 일을 진행했다. 자신을 '알콘'이라고 소개한 미청년은 바탐하고는 전혀 달랐다.

그는 부드러운 외형과 달리 무거운 느낌이 강했다. 때문에 허튼 소리는 별로 하지 않았다. 하지만 알콘은 전혀 반대되는 성격을 지니고 있었다.

가벼웠다. 농담도 자주 걸었고 허튼 소리도 많이 했다.

하지만 그럼에도 불구하고 긴장을 풀 수가 없었다.

비쳐지는 것과 달리, 그 본질은 바탐과 동류라는 걸 느낀 까닭이었다. 때문에 그를 대하는 게 조심스러울 수밖에 없었다.

"하아… 아쉽다."

문득 알콘이 한숨을 내쉬는 게 보였다.

"왜 그러십니까?"

가면사내가 조심스레 물었다.

"이 멋진 건축물이 박살날 걸 생각하니. 기분이 조금 안 좋네."

그 말에 가면사내가 쓰게 웃었다.

'글쎄요….'

지난 9년여의 세월 동안 열심히 힘을 모았다. 하지만 상대는 제국과 브라만 대공이었다. 그런 탓에 여전히 미래에 대한 이미지가 떠오르질 않았다.

바탐에게 약속한 건 5년이었다. 이미 4년 전에 최소한의 준비는 갖춘 상태였다.

하지만 그 때에도 승리에 대한 확신이 서질 않았고, 이런 감정을 읽은 바탐은 5년의 시간을 더 허락해 줬다.

덕분에 좀 더 완벽하게 준비를 갖출 수 있었다. 하지만 여전히 확신이 서질 않았다.

새롭게 허락되었던 시간에서 1년이 앞당겨진 상황이었

으나, 1년 뒤였다고 해도 달라질 건 없을 것 같았다. 그저 시간만 죽이는 결과를 낼 수도 있었다.

'9년이라는 시간은 제국에게도 공평하게 사용됐을 테니까.'

그가 세력을 모았다면, 제국은 불안정한 내실을 다졌다. 칼레이드라는 이름을 쓰고는 있으나, 실질적으로는 새로운 역사가 시작된 것이나 다름없었다.

그런 만큼 건국 초반의 불안함은 존재했다. 헌데, 9년의 시간은 이를 다스리게 해 준 것이다.

허나 아직 완전하지는 않기 때문에, 1년이라는 시간은 또 다시 저들에게도 유용하게 이용될 터였다.

'그렇다면 차라리 지금 움직이는 게 더 나을지도 모르지.'

당장 1년 동안 어떤 발전을 할 가능성이 불명확한 이상, 알콘의 재촉이 오히려 시기적절하다고 여겼다.

'확실히… 5년이 추가 된 덕분에 전력적인 부분에서 부족함은 없으니.'

인간들이 몬스터라 부르고, 이종족은 변이족이라 부르는 이들과 손을 잡았다.

고블린, 오크, 트롤 등등, 사고할 줄 아는, 머리를 쓸 줄 아는 종족인 만큼, 가면사내도 몬스터라는 생각보다 변이족이라고 여기고 있었다.

하지만 그 번식력 하나 만큼은 몬스터라는 단어가 어울린다고 여겼다.

추가된 5년의 시간!

'제국전쟁으로 입은 피해는 충분히 메우고도 남았지.'

이제는 부딪쳐야 할 때였다.

"여기서도 볼 일이 있어서 오자고 한 거겠지?"

문득 들려온 알콘의 물음에 가면사내가 시선을 그에게로 돌렸다.

"예. 외부의 준비가 끝났으니, 내부의 준비를 마쳐야지요."

"그래. 그러면 볼 일 마치고 만나자고."

알콘이 그 말과 함께 신형을 돌리는 게 보였다. 그 모습에 어딜 가냐고 묻고자 하는 마음이 있었으나, 굳이 입 밖에 내지는 않았다.

잠시 쳐다보는 사이 거리 저편으로 사라져버렸다.

'알콘…'

그를 생각하면 저절로 대단하다는 단어가 떠올랐다. 그가 보여준 게 그만큼 대단했기 때문이다.

'대마도사?'

동시에 그의 정체에 대한 의문도 함께 이어졌다.

'아니…그 이상이겠지.'

어쩔 수 없는 호기심.

'텔레포트라니….'

전설 속의 마법이라는 공간 이동을 경험했다. 어찌 궁금하지 않을 수가 있겠는가.

'바탐… 그자도 가능했을까?'

지금의 모습이 아닌, 젊을 적 학자로써 궁구하던 시절의 버릇이 잠시 올라왔다. 하지만 애써 이를 억눌러야만 했다.

'지금 중요한 건 그게 아니지.'

시선이 돌아가고, 이내 그의 발길이 제국의 수도 깊숙한 곳으로 향했다.

◈

원래대로라면 한 주의 피로를 풀어줄 겸 휴식을 취하고 있어야 할 주말 시간대이건만, 제튼은 계획과 달리 대륙의 절반에 가까운 거리를 열심히 내달리는 중이었다.

"이게 뭘 하는 짓인지."

투덜거리는 제튼의 머릿속으로 로렌스가 던져준 정보가 떠올랐다.

〈대지가 오염되고 있습니다.〉

정확히 5일 전에 발견한 따끈따끈한 정보라고 했는데, 그 정보가 발견된 위치가 제법 거슬렸다.

'내가 전투를 벌였던 장소 근처라니.'

로렌스는 오르카와 주기적인 연락을 취하고 있다 보니, 그의 전투 장소를 자세히 알고 있었다.

물론, 이후 벌어졌던 두 번째 전투에 관해서는 정보가 없었으나, 어쨌든 첫 번째와 관련된 정보라는 부분에서 여러모로 신경이 쓰일 수밖에 없었다.

평소 그의 버릇대로라면 그냥 무시하고 지나갔을 것이다. 직접 눈앞에서 마주치기 전에는 굳이 먼저 움직이려 하지 않았을 터였다.

'이번에는 사정이 다르지.'

로렌스가 전해 준 정보의 끄트머리에 걸린 단어가 문제였다.

〈오염을 다른 뜻으로 풀이하면, '마기' 라고 해요.〉

당연히 의문이 이어졌다.

〈암흑마나?〉

대답은 간단했다.

〈마기요.〉

제튼이 생각하는 중간계의 마이너스적 에너지가 아닌, 타 차원의 음습한 기운을 의미하는 것이다.

〈정령들이 알려준 정보에요.〉

정보에 대한 의심을 단번에 지워버렸다. 자연에 가장 민감한 정령들의 소통으로 알아낸 확실한 정보였다. 골 때리는 상황이었다.

'안 움직일 수가 없잖아.'

조금 전 로렌스와의 두 번째 점심 약속을 마치기가 무섭게 영지를 빠져나왔다. 루마니언 지방 역시 벗어난 상태로써, 현재 그의 신형은 지난 번 발생했던 전투지역으로 향하는 중이었다.

그 위치가 수도 크라베스카와는 또 달랐다.

당시, 제튼이 베아튼의 얼굴을 움켜쥔 채 내달린 거리는 그야말로 한 개 지역을 훌쩍 넘어서는 곳이었다.

수도와는 전혀 다른 장소에서 사건을 일으킨 것이다.

오르카의 상세한 설명이 없었다면, 아무리 로렌스라 하더라도 단번에 전투위치를 찾아내지는 못했을 게 분명했다.

'영감님이 있었으면 편했을 텐데.'

벨로아를 떠올려봤다. 무려 대륙의 절반거리를 내달리는 길이었다. 아무래도 내달리는 것 보다 마법을 통한 이동이 더욱 편하게 여겨질 수밖에 없었다.

지난번에야 셀린이 함께하고 있던 탓에 도움을 얻기가 어려웠지만, 그 혼자서라면 얼마든지 부탁을 할 수 있었다.

하지만 안타깝게도 벨로아가 곁에 없었다.

'드래곤 로드라….'

그들 일족의 수장을 만나러 간다면서 자취를 감추더니, 일주일이나 연락이 없었다.

"뭔 일 있는 건 아니겠지."

입 밖에 내고 보니 황당한 소리였다. 무려 고룡이라고 불리는 드래곤을 누가 난처하게 한단 말인가.

'뭐, 상대가 드래곤 로드니까.'

약간의 걱정 정도는 어쩔 수 없었다.

"다 온 건가."

익숙한 풍경이 눈에 들어오기 시작했다.

지난 번 전투를 치르며 지났던 산세였다. 당시는 밤이었고 지금은 낮이라는 차이가 있었으나, 빛의 유무 정도는 무시할 수 있는 위치에 있다 보니, 충분히 지형에 대한 파악이 가능했다.

"저기 즈음이었나."

굳이 눈으로 파악하지 않아도 어렴풋이 느껴지는 불길한 기운이 위치를 알려오고 있었다.

"쯧!"

혀를 차는 그의 미간에 주름이 잡혔다.

"진짜⋯ 마기네."

중간계에 존재하는 암흑마나와 다른 기운이 저 앞에서 피어오르고 있었다.

평소와 달리 감각을 한껏 열어놓은 상태다보니, 이를 파악하는 건 무리가 없었다. 목적지에 도착하자 확실해졌다. 그가 전투를 치렀던 장소가 맞았다.

엉망이 된 주변 산세가 이를 증명하고 있었다.

"어둠…인가."

전투가 벌어졌던 장소의 한 부분이 검게 물들어 있는 게 보였다. 바로 그 부분에서 마기가 일렁이는 게 느껴졌다.

그 앞으로 내려선 제튼이 잠시 생각을 하다가 한 발을 앞으로 내밀었다.

오염된 지역에 발을 담근 것이다.

사아아아…

끈적끈적한 마기가 발바닥을 타고 밀려드는 게 느껴졌다. 이를 통해서 또 다른 정보도 알아낼 수 있었다.

'순도가 높군.'

마계라는 장소를 경험해 본 적도 없고, 마기를 직접적으로 쐬어 본 적도 없다. 하지만 충분히 짐작은 가능했다. 천마신공이라는 희대의 마공 덕분에 가능한 예측이었다.

그리고 지금 이 순간 그 추측에 정확한 정보가 더해졌다. 그것도 무려 감각적인 부분을 통해 세워진 계측이었다.

꿈틀…

진한 마기에 잠재워놨던 천마신공이 깨어나려 했다.

"쯧!"

295

짧게 혀를 찬 그가 천마신공을 다시 잠재우려는 찰나였
다. 저 멀리서 무언가가 급속도로 접근하는 걸 느꼈다.

'이건….'

그의 시선이 그 방향으로 돌아갔을 때, 저 먼 허공으로
하나의 점이 빠르게 다가오는 걸 볼 수 있었다.

'…또 의외군.'

잠재우려던 천마신공의 기운을 재빨리 일으켰다. 머리
와 동공의 색이 한순간에 검게 물들었다. 그리고 그 위로
기운이 올라오며 얼굴을 흐릿하게 흐트러트렸다.

그렇게 준비가 끝났을 즈음, 하나의 인영이 오염지역 바
깥에 내려섰다. 언뜻 20대 중반이나 되었을법한 미청년이
었는데, 그 외형이 상당히 특이했다.

흑발에 흑안!

대륙에서도 보기 드문 색감을 지니고 있었다.

"……."

"……."

잠시간, 짙은 침묵이 그들 사이로 내려앉았다. 마치 서
로를 관찰하는 것 마냥, 그들의 시선은 조용히 상대를 훑
고 있었다. 그렇게 얼마나 지났을까? 문득 미청년의 입이
열렸다.

"흑발에 흑안이라…."

뒤이어 나온 단어가 또 재미있었다.

'역시….'

쓰게 웃은 제튼이 얼굴위에 씌웠던 기운을 풀었다. 상대는 이 정도 기운은 단번에 꿰뚫어보는 실력자였다. 얼굴을 들켜버렸으나 상관없었다.

"브라만 대공?"

이미 나름의 조치는 취해놓은 상태이기 때문이다.

머리와 동공의 색체변화 외에도, 올라간 눈 꼬리와 사나운 안광으로 부리부리한 눈매를 완성시키고, 안면근육을 약간씩 조정하며 인상을 좀 더 험하게 만들어서 제튼의 모습을 감춘 것이다.

누가 봐도 천마가 활동하던 당시의 얼굴이었다.

상황이 급박하다보니 체형적인 변화까지는 무리였으나, 이 정도로도 충분하다고 여겼다.

"이건 또, 의외라고 해야 하나."

미청년이 난처한 얼굴로 제튼을 바라보며 머리를 긁었다.

"시작하자마자 마왕을 만난 기분이 이런 건가?"

순간, 제튼의 두 눈에 이채가 띄었다. 혼잣말처럼 내뱉는 그의 이야기에 자세한 사정은 모르겠으나, 미청년의 목적이 자신에게 있다는 건 알 수 있었다.

"누구냐?"

제튼이 그리 물으며 사내에게 시선을 주자, 미청년의 두 눈에 갈등의 빛이 어리는 게 보였다. 하지만 이내 어깨를 으쓱이며 대답했다.

"알콘이라고 합니다."

고개를 끄덕이던 제튼이 재차 물었다.

"드래곤과 관련이 있나?"

그 말에 미청년, 알콘이 입가에 가벼운 미소를 그려냈다.

"역시, 바탐을 죽인 건 당신이었군요."

'바탐… 지난번의 그놈인가.'

이미 상대의 기운에서 드래곤과 마기의 조합을 읽었다. 덕분에 지난번 전투를 벌였던 흑발사내와 관련이 있다는 건 이미 파악이 끝난 상태였다.

"헌데, 궁금해서 묻는 건데 말이죠."

질문을 던지기 전, 알콘이 눈을 얇게 만들며 제튼을 바라봤다.

"드래곤을 만난 적이 있습니까?"

앞서, 제튼의 질문에서 받은 의문을 그대로 내던졌다. 제튼이 고개를 끄덕이며 대답했다.

"그래."

"역시!"

"이거 참… 난감하네요."

이 부분에서 제튼은 지난번 흑발사내 바탐과 눈앞의 알

콘이 다르다는 걸 느꼈다.

바탐은 그가 드래곤과 관계있다는 대답에 적개심을 키웠다. 하지만 알콘은 기세를 수습하고 있는 게 아닌가.

'애초에 기운을 내비치지도 않았지.'

그저 기본적으로 상대를 탐색하는 수준의 기운만 보이고 있었다.

"하나만 더 물어도 될까요?"

"뭐지?"

"거기, 그 꺼멓게 변한 부분들, 대공과 관계있는 겁니까?"

그 말에 제튼의 시선이 뒤로 돌아갔다. 자연스레 등을 보이는 구도가 됐는데, 이는 나름의 미끼였다. 상대가 이 순간 일말의 적개심이라도 내비친다면, 즉시 적으로 간주하려는 의도였다.

하지만 안타깝게도 여전히 기운의 변화는 없었다.

'좀 더 건드려볼까.'

고개를 제자리로 돌리며 제튼이 대답했다.

"모르지. 네 생각은 어때?"

그와 함께 내부에서 천마신공이 기지개를 켰다.

일순간 알콘의 동공에 작은 경련이 일었다. 하지만 여전히 기운의 변화는 보이질 않고 있었다.

"······"

짙은 침묵 속, 둘의 시선이 교차했다. 길지 않은 시간, 결론을 내린 듯 알콘이 입을 열었다.

"훗… 당신과는 관계가 없는 것 같군요."

동시에 결정도 내린 모양이었다.

'살기!'

밀려들기 시작한 격렬한 기세에 제튼의 눈이 가늘어졌다.

파슷!

순간 어디서 나타난 것인지 모를 검 하나가 알콘의 손 위에 놓였다.

"하지만 당신이 위험하다는 건 확실히 알겠네요."

제튼의 안에서 끊임없이 자신의 존재감을 알려오는 천마신공의 기운이 그를 자극한 모양이었다.

"자신 있나?"

조금은 거만한 듯 느껴지는 어투로 제튼이 묻자, 알콘이 어깨를 으쓱이며 고개를 흔드는 게 보였다.

"솔직히… 인간을 상대로 이런 기분이 들 줄은 몰랐는데, 패배가 먼저 생각되는군요."

그럼에도 불구하고 검을 들었다.

"그래서 더욱, 지금 이 순간을 피하고 싶지가 않네요."

자존심이 근질거렸기 때문이다.

우우우웅!

돌연, 검 끝에 피어난 오러 블레이드가 제튼을 향해 사나운 이를 드러냈다.

'마검사려나.'

이 부분은 붙어보면 알 수 있을 터였다. 그보다 궁금한 건 따로 있었다.

"정체가 뭐냐?"

그 물음에 알콘의 두 눈 위로 재차 갈등의 빛이 어렸다. 이름을 밝힐 때보다도 오랜 시간이 흐르고 나서야 그의 입이 열렸다.

"다시 정식으로 인사를 드리겠습니다. 드래고니안 일족의 알콘이라고 합니다."

여전히 제튼의 눈에 떠 있는 의문이 보였다. 그로 인해 충분한 답이 되지 못했다는 걸 알 수 있었고, 결국 알콘은 설명을 더해야만 했다.

"위대한 존재께 축복을 받아 탄생한 게 바로 저희 일족입니다."

"축복?"

"그분들의 성혈을 받고 태어난 존재들이지요."

'성혈? 피?'

제튼의 머릿속에 대략적인 답이 나왔다.

'혼혈이군.'

동시에 의문 역시 떠올랐다.

'드래곤도 혼혈이 존재했나?'

들어본 적 없는 이야기였다. 이런 제튼의 의문을 일부 느낀 것인지, 알콘이 간단하게 정의를 내려줬다.

"위대한 존재께서 세상의 관조 중에 탄생한 게 바로 저희들입니다."

"관조?"

"유희라고도 부르더군요."

드래곤은 유희라는 걸 통해 다양한 삶을 경험하고는 하는데, 이 때에 결혼이라는 것 역시 체험하게 된다. 그리고 이 와중에 탄생하는 아이들 중 일부가 극히 희박한 확률로 드래고니안이 되고는 했다.

'그게 가능한가?'

의문이 꼬리를 물고 이어졌다. 하지만 이를 해결하기에는 상황이 좋질 못했다.

"슬슬 시작하는 게 어떨까요?"

한층 기세를 끌어올리는 알콘의 모습에 제튼이 짧게 혀를 차며 상념을 털어냈다. 그러며 자세를 잡는데 상대에게서 느껴지는 기세가 보통이 아닌 만큼, 시작부터 검결지를 쥐고 있었다.

그 모습에 알콘이 눈을 빛내며 물었다.

"설마, 그건… 검입니까?"

브라만 대공을 연기하는 중이건만, 이번만큼은 제튼도

놀랐던지 표정이 잠시 흔들렸다. 이에 알콘이 고개를 끄덕이며 말했다.

"놀랍군요. 대공께서 검을 쓰신다니."

제국전쟁 당시, 천마는 맨손박투를 즐겨했기에 지금 제튼의 모습이 의외였을 것이다.

가만히 듣고 있던 제튼도 한마디를 더했다.

"너도 제법이다."

단번에 검결지를 알아챈 건 그만큼 알콘의 눈이 남다르다는 의미였다. 이는 실력과도 직결되는 부분이었다.

'확실히… 오르카보다 위!'

거기에 마법실력까지 더해진다면?

'쉽지 않겠네.'

지난번에 마주했던 바탐 역시도 그 육체적 능력이 대단했었다. 마나의 기운은 없어보였으나, 아마 알콘도 그와 비슷할 거라고 여긴다면, 마법 역시도 예상범주에 포함시켜놔야 할 터였다.

"먼저 가겠습니다."

그 말이 끝나기가 무섭게 알콘의 신형이 날아들었다.

서걱!

오싹한 절단음과 함께 허공이 베였다. 일검을 피해 낸 제튼이 검결지를 전방으로 뻗었다. 알콘의 오른쪽 겨드랑이 밑이 목표 지점이었다.

완벽한 타이밍이라고 여겼다.

스팟!

그 순간 알콘이 사라졌다.

'블링크!'

찰나 간에 내비쳤던 마나의 기척이 이를 짐작케 했다.

'역시!'

예상대로 마법도 쓸 수 있었던 모양이었다. 그리 생각하며 고개를 한껏 숙였다. 앞서 일검을 피하며 몸을 숙인 상태에서, 재차 고개를 내리자 바닥이 코앞이었다.

스각!

뒤통수 위로 아슬아슬하게 지나가는 예기가 느껴졌다.

'블링크를 바로 등 뒤로 할 줄이야.'

이건 나름 신선했다.

그도 그렇게 베아튼이나 바탐의 경우에는 회피를 위해서인지, 블링크는 거리를 벌리는 데 사용했던 반면, 알콘은 더욱 저돌적인 공격을 위해 접근하는데 이용하고 있는 것이다. 그야말로 수비와 공격이라는 커다란 차이가 있었다.

마치 앞으로 구르는 듯한 자세가 된 상태에서 제튼의 발이 휙 하니 뒤로 솟구쳤다. 아쉽게도 발끝에 걸리는 느낌은 없었다. 알콘이 반걸음 뒤로 물러나며 그의 발도 빈 공간을 찬 것이다.

덕분에 몸이 완전히 앞으로 기운 상태가 됐다. 그 흐름에 순응하며 한 바퀴 몸을 구르는데, 도착지점에서 기척이 느껴졌다.

'블링크인가.'

일순간 느껴졌던 마나향으로 상황이 파악됐다. 또 다시 공격을 위해 사용된 모양이었다.

'까다롭군.'

블링크는 공간이동이었다. 순간적으로 나오는 마나향이 아니라면 그 발현 순간도 파악이 어려웠다. 거기다 이동간의 기척도 존재하지 않으니, 말 그대로 눈앞에 번쩍 나타나는 것이나 다름없었다.

그런 놀라운 이능을 공격의 흐름에 포함시킨 것이다. 그야말로 극한의 반사 신경이 필요한 상대였다.

파앙!

구르던 상태에서 등근육에 힘을 줬다. 외적인 모습에 변화는 없었건만, 그의 신형은 마치 힘차게 발구르기를 한 것 마냥 수직으로 솟구쳤다.

이 거짓말 같은 위치변화에 또 다시 알콘의 검이 목표물을 잡지 못했다. 그리고 이 생각지도 못한 이동에 잠시 호흡을 잃은 듯, 결국 일격을 허용해야만 했다.

퍼억!

묵직한 타격음과 함께 제튼의 발뒤꿈치가 알콘의 어깨를 내리찍었다.

"크윽!"

짧은 신음성과 함께 알콘의 신형이 휘청거렸다. 이 기회를 놓치지 않으려는 듯, 제튼의 연격이 이어졌다.

파파파팡!

블링크로 피할 타이밍을 놓친 듯, 알콘이 전력으로 몸을 움직이며 날아드는 연격을 피했다.

어찌나 강한 공격인지, 그의 주변 공기들이 터져나갔다. 검결지 뿐만 아니라 주먹과 발까지 이용해가는 연격이다 보니, 공격간의 텀이 존재하질 않았다.

'이대로라면 결국 당한다!'

이를 악 다문 알콘이 기운을 끌어올렸다.

"차합!"

짧은 기합성과 함께 그의 검이 빛을 뿜었다.

꽈르르릉!

창공의 우레가 땅 위에서 울려 퍼졌다.

"후우… 후우……."

초토화가 되어버린 전장의 중심에서 알콘이 호흡을 고르며 검을 세웠다. 조금 전 일격의 여파라기보다는 끊임없이 이어지던 연격의 후유증으로 폐가 공기를 원하고 있는 중이었다.

"제법이군."

저 앞으로 제튼이 손을 흔들며 말을 건네 왔다. 방금 전의 일격을 막아내며 마비증상이 온 까닭이었다.

'그냥 검만 휘두른 줄 알았더니.'

오러 블레이드도 아닌 오러 스피릿을 내비쳤고, 거기에 뇌전의 힘까지 담아내었다. 여러 기운들 중에서도 까다롭기로는 손에 꼽히는 뇌전의 기운이었다.

"이번에 끝을 낼 생각이었는데, 아쉽군."

제튼의 이야기에 알콘이 쓰게 웃으며 입을 열었다.

"대단하군요. 설마… 이 정도로 밀릴 줄은 생각도 못했는데, 시작부터 마법까지 써야 할 정도일 줄이야. 인간들을 대표할 만 하군요."

순수하게 검으로 승부를 볼 생각은 아니었다. 하지만 그래도 마법은 제법 시간이 지난 후에나 나올 거라고 생각했다.

헌데, 초반부터 블링크가 나올 줄이야.

'브라만 대공!'

그 이름이 새삼 가슴에 새겨지고 있었다.

◆

보랏빛으로 가득 물든 창공과 검푸른 색이 진하게 물든 대지 위에서, 가만히 눈을 감은 채 침묵으로 유희하던 '그'의 시선이 뒤로 돌아갔다.

"알콘?"

살짝 찡그려진 미간이 오랜만에 불쾌감을 내비쳤다. 사도들 중에서도 가장 총애하는 아이에게서 사신의 기척을 느꼈다.

아득하게 먼 거리였으나, 바탕의 경우를 대비해 작은 술수를 부려 놨다. 덕분에 이처럼 즉각 정보를 습득할 수 있는 것이기도 했다.

짧은 갈등과 빠른 결정.

돌아갔던 시선을 따르는 것 마냥, 육신도 뒤를 향해 돌아섰다.

그 순간 등 뒤의 어둠이 스멀스멀 다가왔다. 미간에 새겨진 주름이 한층 진해졌다.

❖

"허억… 헉, 커헉……."

거칠어진 숨소리와 매섭게 널뛰는 심장소리가 머리를 어지럽게 흔들었다.

알콘은 육신 곳곳에서 느껴지는 아득한 고통에, 새삼스런 얼굴로 눈앞의 존재를 바라봐야만 했다.

'대륙최강자!'

설마 그 단어가 저들 인간의 세계를 넘어서까지 통용될

정도일 줄은 몰랐다.

바탐에게 죽음을 선사한 것만으로도 충분히 그 강함은
짐작할 수 있었다. 하지만 그게 설마 이 정도일 줄은 예상
도 못했다.

'압도적이군.'

넝마처럼 엉망이 되어버린 그의 모습과 달리, 저 앞에서
그를 향해 손가락을 세우고 있는 강자의 외형은 너무도 깔
끔했다.

물론, 그의 공격이 전혀 들어가지 않은 건 아닌지라, 곳
곳에 타격의 흔적이라거나 마법공격의 여파가 남아있었
다. 하지만 크게 티는 안 나는 정도로써, 결국 제대로 들어
간 타격은 없다는 의미였다.

'이거야 원… 자존심을 제대로 뭉개버리는구만.'

드래고니안!

위대한 존재라고 불리는 드래곤의 피를 많은 부분 이어
받은 존재로써, 그들이 지니고 있는 자부심은 상당히 남달
랐다.

그런 만큼 지금 이 상황은 적잖게 충격적일 수밖에 없었
다. 아랫입술을 질끈 깨물자 핏물이 배어나왔다. 입술에서
나온 것일까? 터져버린 입안에서 새는 것일까?

알 수 없는 고통과 함께 핏물이 주르륵 흘러내렸다.

'후… 어쩌다 이렇게 된 건지.'

그의 시선이 조심스레 주변을 훑었다. 어느새 그도 발을 담가버린 오염지대가 눈에 담겼다.

'그냥, 한 번 더 눈에 담아두려고 온 것인데.'

지난주, 이미 한 차례 바탐의 죽음을 확인하러 발길을 한 적이 있었다.

하지만 어쩐 일인지 바탐의 시체는 보이질 않았고, 거대한 전투의 흔적만이 남아 있을 뿐이었다.

'시체조자 남기지 않은 건가.'

이렇게 생각하며 당시에는 조사를 마쳤었다. 이전에 바탐이 지원하던 일을 그가 대신 이어서 해야 하는 까닭이었다. 그리고 일주일여의 시간을 들여 대략적인 준비를 끝낸 뒤, 마지막 준비를 마치고자 이곳 수도를 찾았다.

기왕 온 김에 바탐의 전투가 있던 장소를 다시 확인할 생각으로 이곳으로 왔다.

그렇게 이동해오던 찰나, 기이한 감각이 그를 자극했다.

마기!

너무도 익숙한 기운이기에 무시할 수가 없었고, 때문에 목적지를 틀게 되면서 그와 마주하게 된 것이다.

브라만 대공!

언젠가는 마주하게 될 날이 올 거라고 여겼다.

'하지만…그게 지금은 아니었지.'

그럼에도 불구하고 적개심을 드러냈다. 평소 가볍게 보

이는 태도와 달리, 그 스스로는 강맹한 전사였기 때문이다.

'뭐… 승리를 장담하진 못했지만.'

이 정도로 처절하게 패배할거라고도 생각지 못했다.

"허억, 헉… 후우… 후… 마법에 상당히 익숙하시군요."

어느 정도 호흡을 고르자 말문이 조금 트였다.

"네 검술도 제법이다."

제튼의 이야기에 알콘은 알 수 없는 감정에 휩싸여야만 했다.

'이거 참….'

황당하다고 해야 할까?

'설마… 200년을 넘게 연마한 실력이 그 반의반도 안 되는 단련수준에 밀릴 줄이야.'

물론, 기간이 실력을 말하는 건 아니었다. 하지만 그는 드래고니안이라는 최상급 재능의 소유자가 아니던가.

'이래서 인간이 위험하다는 거겠지.'

이런 마음을 제튼이 듣는다면 실소하며 되려 한 소리 했을 게 분명했다.

〈반의반? 네놈이야말로 반의반도 안 된다. 건방진 놈!〉

천마신공은 무림에서도 제일로 꼽히는 지존공이었다. 그리고 이런 무림이라는 세상의 역사를 되짚어 본다면, 되려 200년의 공부로 목을 세우는 게 웃기는 일이었다.

"오랜만에 세상구경 좀 하나 싶었더니, 눈이 호강하기도 전에 끝인 모양입니다."

알콘은 그리 말하며 슬쩍 주변을 돌아봤다. 공간이동으로 빠져나가고 싶었으나, 격렬한 전투로 인해 몸이 엉망이었다.

'마법은⋯ 무리겠군.'

서클이 붕괴되고 있었다. 더 이상 고위마법은 발현이 어려웠고, 오러를 뽑아낼 기력도 없었다.

'마지막인가.'

그의 시선이 하늘로 올라갔다. 시리도록 푸른 하늘이 눈에 들어왔다.

'구름 한 점 없는 날씨군.'

기억을 가득 채우고 있는 보랏빛 하늘과는 확연한 차이가 느껴지는 맑은 하늘이었다.

"그만 끝내자."

제튼이 그 말과 함께 다가오는 게 보였다. 검결지에 피어나는 오러 스피릿이 눈에 들어왔다. 살아남을 일말의 기회조차 주지 않겠다는 듯, 그 날카로운 예기가 마치 사신의 낫처럼 그를 주시하고 있었다.

그리고 이내 검이 떨어져 내렸다. 막고 싶었으나 이미 엉망이 된 육신이 이를 허락하지 않았다. 그저 두 눈을 부릅뜨며 마지막 창공의 모습을 눈에 새길 뿐이었다.

우우우웅…

순간 기이한 공명음이 이는가 싶더니 알콘의 육신에 반
투명의 막이 씌워졌다.

"음?"

제튼의 눈매가 얇아졌다. 그의 검이 막힌 걸 본 까닭이
었다.

'실드? 아직도 힘이 남아 있었나.'

그러면서 한층 거센 기운으로 검을 휘두르려는데, 돌연
알콘의 몸에서 거대한 존재감이 드러났다.

"웃!"

제튼이 깜짝 놀라며 뒤로 물러섰다.

"드래곤 피어?"

의문이 이어졌다. 그도 그렇게 지금 이 기세는 알콘의
것이 아니기 때문이었다. 이해할 수 없다는 얼굴로 전방을
바라보는데, 엉망이 되어 너부러져 있던 알콘이 돌연 신형
을 일으키는 게 아닌가.

그의 전신을 감싼 반투명의 막에 조종을 당하는 것 같은
느낌이었다.

"이거야 원…"

한 눈에 상황파악이 끝났다.

"강신의 술인가."

입맛을 다시며 상대의 불안정한 기운흐름이 바로 잡히

기를 기다렸다. 얼마 지나지 않아 알콘의 눈에서 시퍼런 안광이 번뜩이는가 싶더니, 그 기질이 완전히 변하는 게 느껴졌다.

"기다려줘서 고맙군."

그리고 이어지는 알콘의 한마디.

'음성부터 확 티가 나는군.'

알콘과 전혀 다른 목소리로써, 단번에 그가 알콘이 아니라는 걸 알 수 있었다.

그가 시퍼런 안광이 번뜩이는 눈으로 제튼을 바라봤다.

"브라만 대공인가?"

대답 대신 질문으로 응수했다.

"알콘은 어디 갔지?"

그리고 이어진 침묵의 시간.

"그 아이는 정신을 잃었지."

먼저 정적을 깨트린 건 의문의 존재였다.

"아무래도 이 아이의 목숨을 살리는 건 어렵겠군."

알콘에게 남은 시간이 길지 않다는 걸 알기 때문이었다.

"드래곤이냐?"

가만히 듣고 있던 제튼이 재차 질문을 내던졌다.

"감이 좋군."

그 말에 제튼이 실소했다.

'드래곤 피어를 받고도 눈치 못 채면 내가 병신이지.'

무려 베아튼을 상대로 단련된 몸이다 보니, 드래곤에 대해서는 제법 빠삭하다 할 수 있었다.

"그나저나, 이 아이를 이정도로 압도하다니. 대단하군. 역시….."

'위험하겠군.'

사도들 간에 서열은 존재하지 않는다. 하지만 그럼에도 불구하고 실력차이가 나는 건 어쩔 수 없었는데, 알콘은 그런 사도들 중에서도 최고의 실력을 지닌 존재로써, 가히 드래곤이 비견되는 실력을 지닌 강자였다.

'성룡은 아니더라도 웬만한 아이들 수준은 뛰어넘었건만.'

그런 알콘의 몸이 엉망이 되어 있었다.

'여기서 살아남는다고 해도, 결국… 죽겠군.'

드래고니안의 어마어마한 치유력으로 감당할 수 없는 부상들이었다. 총애하는 아이다보니 여러모로 아쉬움이 남았다.

"이런, 시간이 다 되가는군."

문득, 알콘의 생명력이 급속도로 빠져나가는 게 느껴졌다. 이미 한계에 이른 몸에 억지로 강림한 여파가 즉각 작용한 것이다.

"가기 전에 정체 정도는 밝히지?"

어느새 오러 스피릿을 일으킨 제튼이 검 끝을 그에게로

향하며 물었다.

"데카르단. 그게 내 이름이다."

짧은 소개와 함께 그의 안광이 불을 뿜었다.

번쩍!

한 줄기 거대한 뇌전이 눈에서 뻗어 나왔다. 그 순간 제
튼의 검이 빠르게 휘둘러졌다.

그리고,

알콘의 신형이 양분됐다.

◈

멀리 내보냈던 정신이 빠르게 제자리로 돌아오는 걸 느
꼈다.

"쿨럭…."

아득히 먼 곳에서 받은 타격이 육신에 밀려든 듯, 엷은
기침과 함께 한 줄기 핏물이 입가를 타고 흘러내렸다.

입가의 피를 닦으며 '그'가 하나의 이름을 입에 올렸다.

"브라만 대공."

그 이름이 뇌리에 각인하는 순간이기도 했다.

"시간이 좀 더 있었더라면, 좋았을 것을…."

짧은 만남이었으나 전에 없이 강렬한 인상을 받았다.

"인사 정도는 나눴으니."

찰나 간에 겨뤘던 힘겨루기가 떠올랐다. 본신이 아니었다고는 하나, 알콘의 남은 생명력을 싹싹 긁어모은 만큼 만만치가 않았을 터인데, 단번에 밀려버렸다.

게다가 강림의 신체를 넘어 본신에까지 그 타격이 닿았으니, 결국 이번 만남은 '그'의 패배나 다름없었다.

"재밌군."

패배라는 단어가 매우 흥미롭게 와 닿았다.

잠시간 전방으로 시선을 주던 그가 신형을 돌려세웠다. 그의 부재에 슬금슬금 다가오던 어둠이 거짓말처럼 멈춰서는 게 느껴졌다.

두 눈을 가늘게 뜨며 저 멀리 시야 밖의 어둠을 응시했다. 어느새 감각권 안에 발을 들인 듯, 선명하게 그 어둠이 전달되고 있었다.

"한동안 귀찮겠어."

나직한 중얼거림과 함께 '그'가 전방으로 걸음을 내딛었다.

※

제국 크라베스카는 외적으로 비쳐지는 신비로움뿐만 아니라, 내적으로도 특별한 구조를 지니고 있었는데, 그 중하나가 바로 지하에 펼쳐져있는 수많은 비밀통로였다.

하지만 제국 내에서도 극소수만이 그 존재를 알고 있고, 그나마도 전부를 파악하고 있는 게 아니라, 극히 일부만을 알고 있는 정도였는데, 이는 그 정도로 복잡한 구조가 지하에 존재하기 때문이었다.

이런 복잡하고도 어지러운 지하의 미로 중 한 곳을 지나며, 제국 수도의 중심부인 황궁 브레이브를 방문하는 사내가 있었다.

목재가면으로 얼굴을 가린 사내였는데, 기이하게도 그가 모습을 드러낸 장소에는 어떠한 경비 병력도 배치되어 있질 않았다.

황궁 내에서도 조금은 외진 구역이라고는 하나, 빈틈없이 철저한 경계태세가 갖춰진 황궁이건만, 이토록 휑한 모습이라니. 의문을 가질 수밖에 없는 부분이었다.

"여전히 시간관념이 철저하군."

순간 들려온 음성에 가면사내의 시선이 돌아갔다. 백금발의 머릿결을 길게 늘어트린 중년사내가 저 한편에서 다가오고 있었다.

"자네가 온다기에 주변 아이들을 외부로 돌려놨네."

황궁내의 경비위치를 마음대로 조절한다? 믿기 힘든 이야기였으나, 중년사내의 정체를 떠올린다면 충분히 가능한 부분이었다.

가면사내가 정중히 고개를 숙이며 예를 표했다.

"오랜만에 뵙습니다. 마르셀론 공작 각하."

아쳴르 판 마르셀론 공작!

현 황제의 오라비로 황제파의 실세라고 불리는 존재로써, 황궁 외곽의 경비 일부정도는 충분히 통제가 가능한 권력자였다.

그가 밝게 웃으며 가면사내의 인사를 받았다.

◈

"후우…."

가벼운 한숨과 함께 제튼이 주변을 둘러봤다. 오염되어 검게 물들었던 대지가 어느새 제 색깔을 찾은 게 보였다.

천마신공의 '흡(吸)' 자결을 운용하며 주변의 마기를 전부 빨아들인 덕분이었다.

크흥…킁…

마치 술에 취한 듯, 한껏 흥에 겨운 광견의 잠꼬대 소리가 들려왔다. 고개를 절레절레 흔든 그가 하늘로 시선을 던졌다. 어느새 저 멀리 어둠이 밀려들고 있는 게 보였다.

'금방, 볼 일만 마치고 갈 생각이었는데.'

어쩌다보니 알콘을 만나게 되며, 생각보다 많은 시간을 이곳에서 허비해버렸다.

"그나저나… 오염의 이유가 뭐지?"

이를 확인하고자 일부러 마기를 전부 회수한 것이건만, 아무리 찾아봐도 마땅한 원인이 보이질 않았다.

"쯧!"

짧게 혀를 찬 그가 습관처럼 뒷머리를 긁적이는데, 문득 느껴지는 흔들림에 손을 내려야만 했다.

"데카르단."

마지막에 그와 나눴던 일격의 후유증이 생각보다 오래가고 있었다.

'본체도 아닌 몸으로 이런 위력이라니.'

게다가 강신의 술과 비슷한 방법으로 넘어온 것을 보자면, 그 '격'도 남다를 것이라 여겨졌다.

'드래곤!'

그 중에서도 상당히 높은 위치에 있을 거라는 예감이 들었다.

'어쩌면 벨로아 영감님보다 더…'

애써 뒷내용은 떠올리지 않았다.

"머리 아픈 상황은 질색인데. 쯧!"

짧게 혀를 찬 그가 주변을 한 차례 더 돌아본 뒤 신형을 튀웠다.

가족들에게 아무런 언질도 없이 나온 길이니만큼, 저녁 식사 전에 돌아가려면 바삐 달려야만 했다.

오랜만의 피가 마르는 전력질주가 펼쳐졌다.

그렇게 제튼 마저 떠난 황량한 대지 위로, 어둠이 찾아들고 시리도록 푸른 달빛이 쏟아져 내렸다.

얼마나 지났을까?

밤이 깊었다고 여길 무렵, 돌연 땅거죽이 들썩이는가 싶더니 하나의 그림자가 흙을 뚫고 솟아올랐다.

"커허억… 헉… 허억……."

쏟아지는 달빛 덕분일까? 거친 숨을 몰아쉬는 그림자의 모습이 한눈에 들어왔다.

흑발에 흑안을 한 미청년.

알콘!

데카르단과 제튼이 나눈 일격에 몸이 양분되며 대지 깊숙이 묻혔던 그가 멀쩡한 모습으로 나타난 것이다.

"후우… 후우… 휴…… 이게… 대체…."

어느 정도 호흡을 고른 듯, 들썩이는 가슴을 진정시킨 그가 자신을 내려다보며 중얼거렸다.

"대체 뭐지?"

이해할 수 없다는 얼굴로 스스로를 두드리며 확인하는 그의 뒤편으로 무언가 떨어져 내리는데, 자세히 살펴보니 씨앗처럼 보였다.

하지만 제대로 확인을 하기는 어려웠다. 그것은 땅에 닿기가 무섭게 가루가 되어 부서져 버렸기 때문이다.

덕분에 알콘 역시 씨앗에 대해서는 눈치를 채지 못했다.

팡. 팡

그는 여전히 자신의 생존을 확인하듯 전신을 두드리고
만 있을 뿐이었다. 이러한 작업은 그 뒤로도 한참을 더 이
어지고 나서야 끝을 맺을 수 있었다.

그만큼 지금 이 상황은 그에게 미스터리인 까닭이었다.

〈7권에서 계속〉

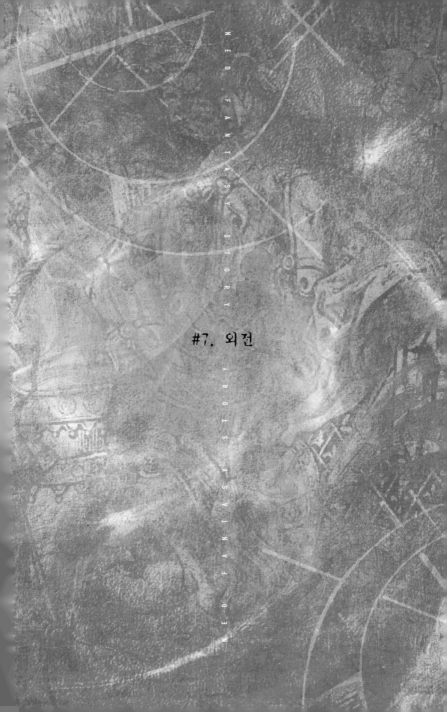

#7. 외전

#7. 외전

우연이라고 해야 할까?

"예쁜데!"

혼혈로 보이는 엘프족을 눈에 담아버렸다.

"이거야 원… 소문 이상이네."

정말 황당하게도 이 순간 그의 마음에 변화가 생겼다는 걸 알 수 있었다. 한 몸을 공유하고 있기에, 이 육신이 원래는 자신의 것이기에 느낄 수 있는 부분이었다.

〈바람둥이!〉

그래서 한마디 하지 않을 수가 없었다.

"큭큭! 좋은 표현이야. 그렇지. 난 바람 같은 남자지."

〈으음…〉

토악질 나오는 소리를 내뱉으며 그가 자신의 결심을 알려왔다.

"엘프들은 어디에 살려나?"

막아야했다. 이 작자는 인간에게만 재앙이 아니라 이종족에게도 재앙이 될 게 분명한 바람, 아니 폭풍이었다. 하지만 막을 수가 없었다.

천마!

그의 육신을 빼앗은 골 때리는 이방인은 너무도 강렬해서, 육신의 원 주인인 제튼도 언제나 눈치를 볼 수밖에 없는 처지였다. 결국 중간중간 그의 비위가 상하지 않을 정도의 쓴 소리만 내뱉는 게 할 수 있는 전부였다.

집요함이라고 할까?

천마는 정말 대륙 곳곳을 돌아다니며, 이종족의 흔적을 찾아다녔다. 그리고 이 와중에 아주 재미있는 사실들을 몇 가지 알아냈다.

"생각보다 많네."

인간 사회에 순혈의 이종족이 제법 많이 살고 있다는 것이다.

특히, 드워프라고 불리는 장인의 종족들이 유독 많았는데, 그들은 거짓말처럼 사람들이 사는 세상의 지하에 몸을 숨기고 있었다.

어느 마을에서나 볼 수 있는 건 아니었으나, 제법 여러 마을과 왕국에서 그들의 비밀통로를 발견할 수 있었다.

하지만 굳이 이를 파헤치지는 않았다.

"엘프들은 어디에 있는 거야?"

정작 그에게 중요한 건 다른 이종족이었기 때문이다.

드워프와 비롯해서 다양한 수인족들의 사회생활을 목격했다. 하지만 그 중에서도 유독 엘프들은 그 모습을 찾기가 어려웠다.

"혼혈로 만족해야 하나?"

'…뭘?'

의문이 떠올랐으나 굳이 내뱉지는 않았다. 답을 알고 있기 때문이다.

말은 포기할 듯 내뱉었으나, 절대 포기하지 않을 거라는 것 역시 잘 알고 있었다.

'또라이니까.'

그것도 여자에 관해서는 상당히 제정신이 아니었다. 그렇지 않고서야 한 여자를 위해 제국을 세울 계획을 잡겠는가.

엘프를 찾는 와중에도 그는 착실히 칼레이드 왕국을 위한 계획을 세우고 진행하는 중이었다. 아마 그 일이 아니었다면, 이미 엘프를 찾고도 남았을 거라는 게 제튼의 평가였다.

"아~! 할 수 없네. 결국 숲으로 가야하나?"

제국 건설을 위한 계획 때문에 기본적으로 인간 사회를 벗어나지 않으려 했던 그가, 드디어 폭탄발언을 내뱉었다.

'이젠, 시간문제겠네.'

이 순간, 제튼은 엘프와의 만남이 머지않았다는 걸 깨달았다.

정확히 3일 뒤,

"그렇지!"

숲만 빙빙 돌며 이 잡듯 뒤진 결과, 결국 순혈의 엘프를 찾아내고야 만다. 그것도 무려 '하이 엘프'라 불리는 순혈 중에서도 격이 높은 엘프였다.

그리고 이 만남을 계기로, 대륙은 새로운 자금의 지배자를 마주하게 된다.

팔라얀 상단!

후에 대륙의 정점에 오르는 대상단은, 이날 이 만남을 통해서 새롭게 추가되는 계획이었다.